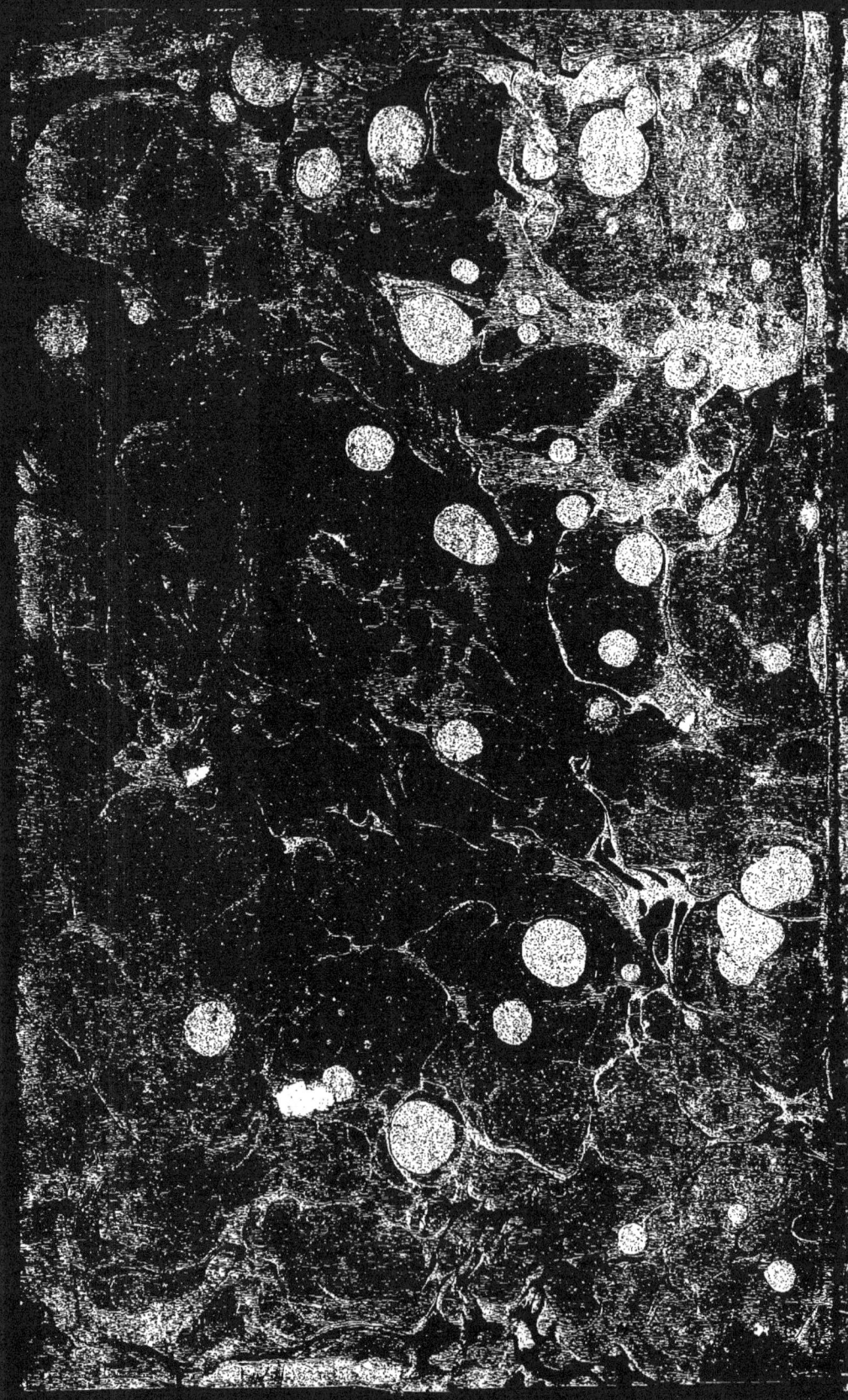

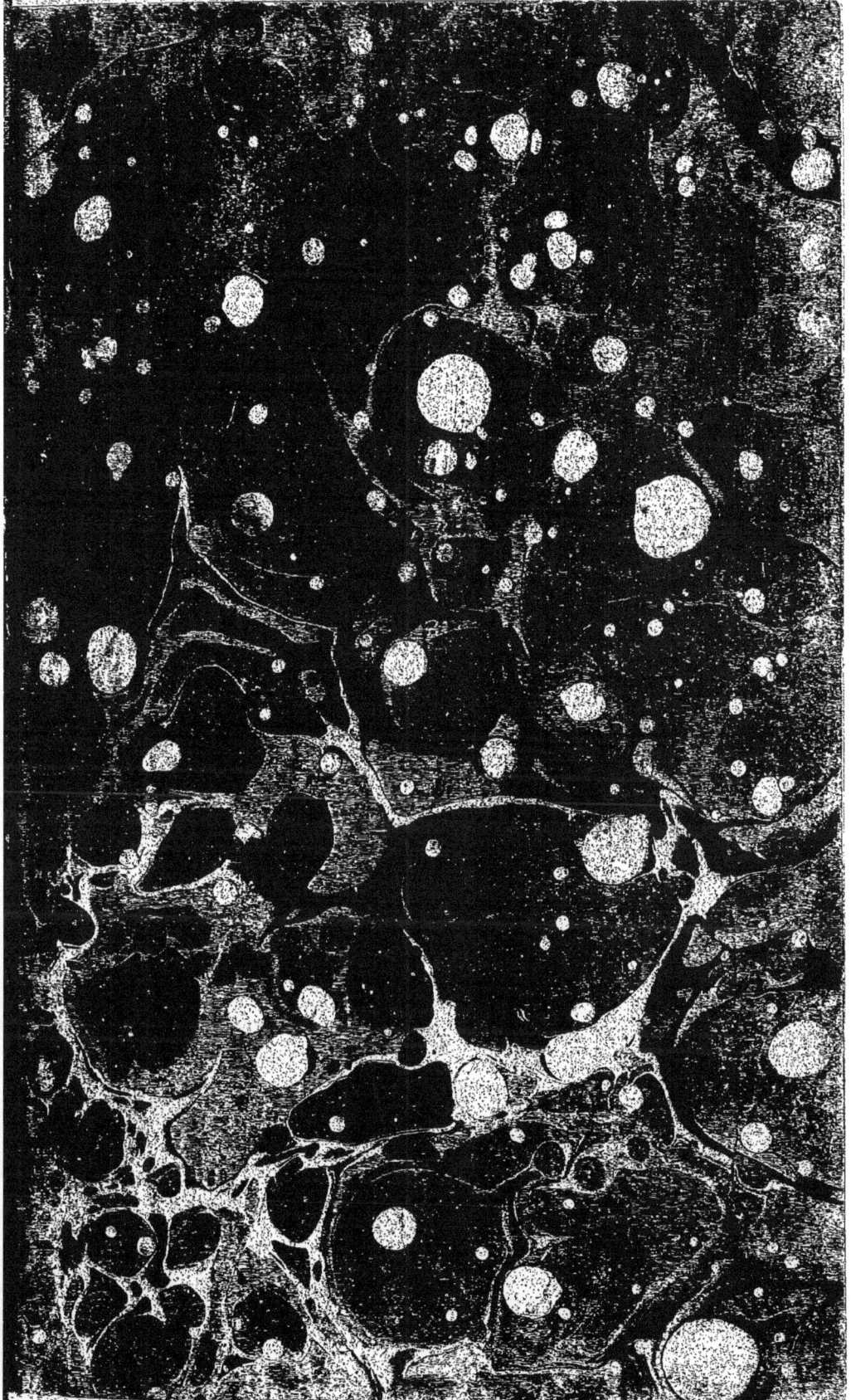

R

47546

PRINCIPES

SUR

LA LIBERTÉ
DU COMMERCE
DES GRAINS.

Nemo enim sanus debet velle impensam ac sumptum facere in culturam, si videt non posse refici. Varr. libr. I. cap. II. §. 8.

Nec omnibus annis eodem vultu venit Æstas aut Hiems; nec pluvium semper est Ver aut humidus Autumnus. Colum. libr. I. §. 23.

A AMSTERDAM,

& se vend A PARIS,

Chez DESAINT, Libraire, rue du Foin-Saint-Jacques.

M. DCC. LXVIII.

TABLE.

NÉCESSITÉ d'un *Principe d'Administration par rapport aux Grains.* pag. 1

Causes de la diversité d'opinions sur le Principe qu'on devroit préférer. 3

Difficulté de trouver une régle pour juger du vrai prix des Grains. 5

Il existe une régle sure pour connoître le vrai prix des Marchandises de toute espéce. 8

C'est uniquement pour les Grains qu'on ne fait pas usage de cette régle. 11

Danger & injustice des régles qu'on a cru pouvoir suivre au sujet du commerce des Grains. 16

L'abus de ces mots, prix commun, bon prix, vil prix, cherté, monopole, *a donné & perpétue les fausses idées sur ce commerce.* 21

L'abus de cette expression le niveau du prix des denrées, *donne & perpétue de fausses idées.* 28

La prohibition est un obstacle invincible aux prix qui mettroient cette denrée au niveau des autres. 34

La prohibition rend fausses, à l'égard des Grains, les maximes les plus incontestables pour tout commerce, de quelque nature qu'il soit. 39

Une liberté pleine & entière est le seul principe qui puisse remplir les vues d'une bonne Administration. 44

Une liberté limitée peut devenir plus dangereuse qu'une prohibition totale. 47

La liberté entière d'exporter n'est qu'un moyen pour parvenir à la circulation générale dans l'intérieur, & par conséquent à la répartition générale des subsistances. 50

Nos exportations prouvent que la circulation & l'importation augmentent ou diminuent en raison de la liberté plus ou moins grande d'exporter. 69

La liberté du Commerce des Grains est favorable aux classes laborieuses. 73

La circulation générale donnera des valeurs à des productions qui n'en ont point, faute de Consommateurs. 83

Fausseté du principe que le bas prix de la main-d'œuvre est utile à l'Etat. 86

ECLAIRCISSEMENS sur ce qui a été publié contre la liberté du commerce des Grains. 101

La sureté des moyens de subsistance, pour ceux qui travaillent, est inséparable de la prospérité du fond territorial. 118

L'exportation (qu'il ne faut pas confondre avec la liberté du commerce des Grains) influe-t-elle sur leur prix ? 125

Quel doit être le plus haut prix du bled ? 134

Le Peuple travaille-t-il plus & gagne-t-il plus dans les années d'abondance de Grains, que dans les années de cherté ? 137

Les maladies sont-elles moins communes & la mortalité est-elle moins grande, lorsque le bled est au meilleur marché possible ? 144

Conclusion. 151

Lettre sur les effets de la Déclaration de 1763 & de l'Edit de 1764. 160

PRINCIPES

PRINCIPES

SUR LA LIBERTÉ

DU COMMERCE DES GRAINS.

*Nécessité d'un Principe d'Administration
par rapport aux Grains.*

PERSONNE ne doute que, par sa fécondité naturelle, par l'étendue des terres qui y sont en valeur, la France ne produise, année commune, plus de grains que n'en consomment ses habitans. Il n'est pas rare d'y voir des années de surabondance, & alors la quantité de subsistances l'emporte sur la consommation possible de l'intérieur. Comment concilier avec ces faits, la possibilité de disettes *réelles ?*

* A

D'autres faits inconteftables fe pré-fentent d'eux-mêmes fur cette quef-tion. Il y a eu des difettes en France; il y en a eu beaucoup; on doit donc fuppofer qu'elle ne produit pas une quantité de grains fuffifante pour rem-placer ce qui lui manque, lorfque la récolte eft malheureufe.

Tout le monde avoue que, fi le petit peuple fouffre dans les tems où les grains montent à des prix qui font dire que *le bled eft cher*, le corps de l'Etat ne fouffre pas moins, lorfque les grains tombent à un taux qui fait dire qu'ils font *à vil prix*. Il eft donc très-natu-rel que les uns, par intérêt perfonnel, les autres, par amour pour l'humanité, défirent que l'Adminiftration établiffe un régime qui nous éloigne en tout tems de ces deux extrêmités. On vou-droit que, par une fuite néceffaire de ce régime, les années furabondantes compenfant les années foibles, tinffent le prix du grain dans le jufte milieu où l'on fuppofe qu'il fe trouve dans les an-nées ordinaires.

Ce vœu général a fait imaginer un grand nombre de plans d'Adminiftra-tion qui peuvent fe réduire à trois. *Pro-*

hibition abſolue du commerce extérieur
des grains. *Liberté abſolue* de les exporter en tout tems. *Mélange de liberté &
de prohibition*, ſelon que le bled eſt cher
ou à vil prix dans le Royaume. S'il y a
un moyen ſûr pour choiſir entre des
principes ſi oppoſés, c'eſt, ſans doute,
d'examiner les cauſes de proſpérité des
autres branches de notre Commerce,
& de faire agir les mêmes cauſes ſur le
Commerce des grains.

Cauſes de la diverſité d'opinions ſur le Principe qu'on devroit préférer.

Peut-être n'a-t-on pas aſſez ſenti
qu'on n'avoit aucune régle pour affirmer avec connoiſſance que *le bled eſt
cher*, ou qu'il eſt *à vil prix;* que, faute
de régle à cet égard, il pouvoit & devoit même arriver que ces expreſſions
fuſſent mal appliquées; que l'abus des
termes expoſoit à confondre avec des
Diſettes *réelles*, fondées ſur l'inſuffiſan-
ce des récoltes, ces Diſettes *apparentes*
ou *artificielles*, cauſées par les paſſions;
qu'il eſt auſſi déraiſonable de dire qu'une
denrée eſt *chère*, lorſqu'elle n'augmente
de prix que dans la proportion de ſon

infuffifance avec le befoin, que de dire
qu'elle eft *à vil prix*, lorfqu'elle ne perd
de fa valeur qu'en proportion de la furabondance où elle fe trouve par rapport à la confommation; que, tant que
les proportions fe maintiennent, la denrée eft évidemment à fon vrai prix; que
par conféquent les mots *vil prix* &
cherté préfentent un faux fens, qui devient un obftacle au fuccès des arrangemens de Police que ce faux fens peut
faire adopter.

Le bled, comme toutes les marchandifes, doit coûter plus lorfqu'il y en a
peu; il doit coûter moins lorfqu'il abonde; ce n'eft ni *cherté*, ni *bas prix*. La
différence d'un prix à l'autre nous fait
fentir le befoin d'une régle, d'après laquelle on puiffe juger avec fûreté fi le
bled qu'on dit être trop cher, & celui
qu'on dit être à bas prix, font l'un &
l'autre à leur *vrai prix*; c'eft-à-dire s'il
ne s'eft élevé, ou n'a baiffé qu'en proportion de la quantité comparée au befoin ou à la confommation. Mais ce qui
nous fait fentir le befoin d'une régle,
ne nous la donne pas. Ce feroit cependant l'unique moyen d'apprécier les
plaintes du peuple, lorfque les grains

coûtent plus qu'il ne voudroit les payer, & les murmures des fermiers & des propriétaires, lorſque le bled ſe maintient au-deſſous du prix qu'ils voudroient le vendre.

Difficulté de trouver une régle pour juger du vrai prix des grains.

Il ſeroit à ſouhaiter qu'on pût puiſer cette régle dans la comparaiſon de la quantité des bleds exiſtans, avec le nombre des conſommateurs. Mais perſonne n'ignore qu'il eſt abſolument impoſſible de connoître, & à beaucoup près, ce qu'il exiſte de grains des anciennes récoltes ; ce qu'en a fourni la dernière moiſſon ; quelle eſt la quantité des autres productions en fruits, en légumes, en boiſſons, qui ſuppléent les grains en tout, ou en partie, dans certaines Provinces. Il n'eſt pas moins impoſſible de connoître ce que l'augmentation de prix dans les grains, peut opérer de diminution dans ces conſommations de fantaiſie, ou de recherche, qui contribuent à la nourriture, mais dont on ſe paſſe aiſément. Il faut donc renoncer à éta-

A iij

blir, d'après des élémens si fugitifs, la règle dont on a besoin.

Il ne seroit pas plus raisonnable de chercher à l'établir d'après la connoissance des prix du moment, dans les différens marchés du Royaume. Il y auroit de l'inconséquence à regarder ces différens prix comme des élémens sûrs, pour constater si les grains sont à leur vrai prix, ou s'ils sont au-dessus ou au-dessous. Car, si on avoit lieu de compter que les prix des marchés, fussent le vrai prix de chaque lieu, la règle seroit toute trouvée; &, si l'on croyoit n'y devoir pas compter, comment pourroit-on se fier au résultat qu'ils donneroient ? Les prix des marchés ont été jusqu'à présent des élémens trompeurs ; 1° parce qu'ils varient d'une Province à l'autre, d'un marché à l'autre, & souvent à de très-petites distances ; 2° parce que les prix peuvent varier par une infinité de causes indépendantes de la quantité des subsistances & de la consommation. Deux passions très-vives, la peur d'un côté, & la cupidité de l'autre, ont donné plusieurs fois en France le spectacle de l'abondance & de la cherté, existant en meme-temps. La peur, qui paye tout fans examen ; la cupidité que rien ne raffafie , lorfquelle tire de la législation même les moyens de perpétuer la peur ; l'efpérance , plus ou moins vive, d'obtenir du fecours de la part de l'Etranger; la crainte d'une mauvaife récolte, malgré les apparences les plus favorables; tout concourt à faire varier le prix des grains dans différens marchés.

Pour fe tracer une route fûre à travers ce cahos, il femble qu'on doit commencer par examiner fi la difficulté tient à la chofe en elle-même , ou fi elle n'eft que la fuite d'embarras acceffoires introduits par les paffions , par les préjugés , ou, ce qui ne feroit pas moins redoutable, par des fyftêmes d'Adminiftration contraires à la nature des chofes. Le mal eft irremédiable , & il eft phyfiquement impoffible de découvrir une régle fûre pour connoître le vrai prix des grains , fi les obftacles qui s'y oppofent font dans la nature. Si, au-contraire , ces obftacles font factices ; s'ils font notre ouvrage, il doit fuffire pour les vaincre de retirer la main qui les a formés & qui les entretient.

A iv

Il existe une régle sûre pour connoître le vrai prix des Marchandises de toute espéce.

Rien ne nous porte à penser qu'il y ait quelque différence entre le commerce des grains, considéré comme commerce, & celui de toute autre denrée. Nous retrouvons dans toutes sortes d'objets de commerce la production, le travail, l'échange ou la vente, la consommation ; aussi, relativement aux subsistances, toute la société est-elle composée de propriétaires, de fermiers, d'ouvriers, de voituriers, de marchands, de consommateurs. On doit en conclure que, si l'expérience nous donne de justes motifs de sécurité sur une branche de commerce, toute autre branche, dont les conditions seront égales, nous donnera les mêmes motifs de sécurité.

On ne connoît aucune production qui existe persévéramment en quantité égale. On pourroit peut-être affirmer de plus, qu'il n'y a jamais deux années où la consommation soit exactement la même en quantité. Il est donc impossible qu'il puisse exister d'uniformité de prix pour quoi que ce foit. Quand la denrée excéde la confommation , on l'obtient à meilleur compte. Quand elle n'est qu'en quantité fuffifante, & , à plus forte raifon, quand elle ne fuffit pas , elle augmente de prix. Dans le premier cas, les propriétaires de la denrée à qui il ne fe préfente pas affez de confommateurs , cherchent à les multiplier en portant ce qui furabonde entre leurs mains , chez l'Etranger qui peut en manquer. Dans le fecond cas, les marchands qui voient les befoins, & qui connoiffent les profits attachés aux foins qu'on fe donne pour les fatisfaire , cherchent à attirer des lieux où la denrée abonde , ce qu'ils favent que leurs compatriotes achéteront avec empreffement.

Ces opérations font quotidiennes & univerfelles. Nous nous affurons la jouiffance des chofes qui furabondent chez nos voifins & qui nous manquent , en les payant avec ce qui leur manque & qui furabonde parmi nous. C'eft de ces échanges continuels , innombrables , qui fe font d'eux-mêmes & fans le moindre concert entre la multitude qui les exécute , que nous tirons l'a-

vantage de ne manquer de rien en
chofes agréables, commodes, utiles, &,
à plus forte raifon, en chofes néceffaires. Les partifans des prohibitions devroient être bien étonnés de voir que
les différences de prix qui réfultent de
tant d'échanges & d'une communication fi générale & fi compléte, n'éton-
nent & n'allarment qui que ce foit.
Une denrée dont nous avons trop, baiffe
de prix parmi nous, on l'exporte; la
quantité diminue, le prix augmente;
perfonne ne s'en plaint & ne craint d'en
manquer. Nous avons trop peu d'une autre, elle double de prix; on en introduit
dans le Royaume, la quantité augmente
& le prix diminue. On n'éprouve point
d'inquiétude dans le premier moment,
ni de furprife dans le fecond. D'où vient
cette fécurité, ce calme dans les circonftances les plus oppofées ?

Il vient de ce que l'expérience rend
néceffairement tous les hommes juftes
& raifonnables, fur les opérations d'un
commerce libre, & fur prefque toutes les
chofes qui en font l'objet. *Juftes*, en ce
qu'ils ne trouvent ni étrange, ni dur,
que la denrée augmente de prix, lorfqu'elle ne fe trouve pas en quantité pro-

portionnée avec la confommation ordinaire ; en ce qu'ils ne trouvent pas
mauvais que celui qui en eft furchargé
au-delà de la confommation , cherche
à ramener le prix commun en faifant
paffer aux acheteurs étrangers , tout ce
qui conftitue la furabondance. *Raifonnables*, en ce qu'ils comptent que l'exportation de ce qui furabonde fera toujours au-deffous de ce que les befoins
permettroient d'exporter, & qu'on n'ex-
portera jamais au point de laiffer un
vuide intérieur, parce que le prix national y mettroit un obftacle invincible;
en ce qu'ils font convaincus par une habitude qui ne fe dément jamais , que
l'importation de ce qui manque fe fait
toujours avec la célérité dont l'efprit d'intérêt eft capable, & que les quantités
importées font toujours fuffifantes pour
ramener les prix accoutumés.

*C'eft uniquement pour les Grains qu'on ne
fait pas ufage de cette régle.*

Il n'eft que trop notoire que le même
efprit de juftice & de raifon n'exifte
point , relativement au commerce des
grains, dans cette partie nombreufe de

la Nation à qui l'habitude tient lieu de Logique. Elle s'allarme, difons mieux, elle s'épouvante, lorfque l'infuffifance réelle ou imaginaire des grains en fait augmenter le prix. La peur, fi conta-gieufe par elle-même, le devient en-core plus lorfqu'elle s'annonce par des cris. Elle fe communique alors à ceux même qui, fur toute autre matière, font capables de raifonnement, de cal-cul & de fermeté. Les uns propofent de taxer les grains ; d'autres de forcer les fermiers & les marchands à garnir abondamment les marchés. Propofitions bien humiliantes pour la Raifon humai-ne ! Elles tendent à établir un prix in-dépendant de l'état des chofes, ou, pour mieux dire, contraire à leur état actuel. Toutes les voix publient la difette, & ceux à qui les grains n'appartiennent pas, propofent de forcer les propriétaires à les vendre au même prix que dans les tems d'abondance. Dans ces momens d'inconféquence, les précautions que prennent les propriétaires pour garan-tir leurs grains de l'invafion dont on les menace, & pour les maintenir à un prix proportionné à la quantité & à la confommation, font traitées d'abus, de malverfation, de monopole. Enfin, c'eft dans le fein d'un Etat policé, que la *violence* fe convertit en *droit*, & le *befoin* en titre de *propriété*.

D'un autre côté, lorfque l'abondance des récoltes furcharge les propriétaires & les fermiers, le bas prix qui les ruine, ne raffure pas entièrement le peuple contre la crainte de manquer de grains dans les années fuivantes & dans le moment même. Il ne voit pas fans inquiétude & fans murmure, les plus légères exportations, & même la circulation d'une province à l'autre. *Tous NOS grains s'en vont, & nous allons en manquer.* Voilà le cri féditieux qui s'eft fait entendre plus d'une fois dans ces années heureufes par leur fécondité, que les prohibitions ont fouvent rendues fi malheureufes.

Ce renverfement d'idées & de principes n'a lieu que pour le Commerce des grains. D'où peut venir cette différence? N'eft-il pas évident qu'elle vient de ce que les autres branches de Commerce font libres, tandis que celle des grains ne l'eft pas. Le défaut d'expérience & d'habitude fur ce Commerce en particulier, empêche de fentir que le bled doit coûter *plus* lorfqu'il n'exifte pas en proportion de la confommation, puifqu'il coûte *moins* lorfqu'il eft fur-abondant; que l'augmentation de prix attirera le bled étranger, fi les poffeffeurs de ce bled peuvent le vendre avec fûreté; que la concurrence des fpéculateurs fur cet objet, foutiendra les importations jufqu'à ce que le prix avertiffe que les approvifionnemens fe font proportionnés à la confommation; qu'il eft injufte, à l'égard des propriétaires, & périlleux pour la Nation, de ne pas laiffer exporter les grains dans les tems d'abondance, parce qu'il importe à tout l'Etat de payer avec nos denrées celles qui nous manquent, & dont nos voifins font furchargés.

Si les prohibitions n'avoient pas bouleverfé toutes ces notions, ce que nous nommons avec effroi *cherté*, ne feroit pour nous que l'annonce des importations qui vont fe faire; & ce que nous nommons *bas prix*, ne ferviroit qu'à nous faire fentir l'utilité & même la néceffité des exportations. Dans l'un & l'autre cas, tout le monde convaincu que le plus & le moins de valeur tient uniquement à la quantité de la denrée, que par conséquent elle eſt à ſon vrai prix, attendroit ſans trouble & ſans inquiétude le retour du prix moyen, c'eſt-à-dire d'un autre vrai prix qui réſulteroit des quantités ou importées, ou exportées.

Au-reſte, on ne peut ſe diſſimuler que les inquiétudes qu'éprouve le Peuple ſur les grains, & qu'il n'éprouve jamais ſur aucun autre objet de ſes beſoins, viennent plus immédiatement de la police qu'ont entraînée les prohibitions, que des effets directs des prohibitions en elles-mêmes. C'eſt ce que prouve encore la différence d'idées & de conduite du Peuple ſur le commerce des grains, & ſur les autres branches de notre commerce, aſſujetties à des prohibitions ou des reſtrictions. Relativement à ces autres branches, le Peuple iſole tous les événemens heureux ou malheureux. Il ne voit rien entre lui & le vendeur de la denrée qui renchérit ; ainſi il ne ſauroit à qui s'en prendre lorſque le renchériſſement ſurvient. Mais, à l'egard des grains, les événemens ne ſont jamais iſolés aux yeux du Peuple. Il voit le Gouvernement entre lui & les marchands qui hauſſent le prix de la denrée ; il lie le renchériffement aux opérations de l'Adminiftration. Accoutumé à la voir fe charger de faire paffer des grains d'une Province à l'autre ; à les tirer quelquefois de l'Etranger ; dès qu'ils deviennent chers, le Peuple croit favoir à qui s'en prendre. Difpenfé depuis des fiècles de fonger au produit fuffifant ou infuffifant des récoltes, à l'influence de ces événemens fur les prix, il fait que l'Adminiftration s'eft chargée de maintenir les grains à un taux commode pour le confommateur ; cette efpéce d'engagement eft devenu pour lui un Titre contre la cherté. Eft-il bien étonnant que, d'après cette confiance invétérée, le Peuple crie quand le bled renchérit? Toute fa logique fur ce fujet fe réduit à ceci : *Le Gouvernement s'eft chargé de m'affurer du pain à bon marché; il eft cher; à qui dois-je m'en prendre ?* Il ne peut faire ce raifonnement fur quelqu'autre objet que ce foit ; auffi ne le fait-il pas.

Danger & injuftice des régles qu'on a cru pouvoir fuivre au fujet du Commerce des Grains.

Toute police fondée fur d'autres principes

cipes qu'une entière liberté de commerce, est évidemment anarchique. Rien n'est plus aisé que de faire tomber la denrée à bas prix lorsqu'elle est rare, insuffisante & par conséquent chère. Il suffit, comme dans les tems de disette du dernier siécle, de forcer les greniers ; de faire verser les grains sur les marchés ; & d'enhardir le Peuple contre ceux qui ont le malheur de posséder alors cette denrée. Mais les suites funestes qu'eurent autrefois ces opérations, seroient aujourd'hui les mêmes, puisqu'elles seroient liées aux mêmes causes. En versant tout-à-coup sur les marchés une denrée qu'il seroit si essentiel de n'y voir paroître que successivement, puisqu'elle doit être la subsistance de plusieurs mois, on est sûr de procurer l'abondance du moment. Mais dans quel état sera - t - on quelques mois après, dans tout pays dont les avenues seront fermées aux secours étrangers ? On parviendra par des coups d'autorité, ou plutôt par des traits de violence, à faire tomber le prix des grains dans la Capitale ; mais le prix du setier montera dans les Provinces à 84 l. de notre monnoie actuelle * ; parce que

* C'est ce qui arriva pendant la cherté des an-

*

B

la violence qui ne frappe le monopole que dans quelques parties de détail, jette dans des convulsions toutes les opérations des marchands. Ainsi, & les monopoleurs & les propriétaires honnêtes, qui ne cherchent qu'à conserver leur droit de propriété, resserreront & cacheront les bleds dans mille & mille endroits, tandis que des inquisiteurs en découvriront & en enlèveront quelques foibles parties. Il s'établira nécessairement des prix faux, & par l'abondance apparente de quelques marchés, & par l'épuisement apparent des greniers. Il est à peine croyable que ce systême d'Administration se soit introduit uniquement pour celle de nos denrées qu'il étoit le plus essentiel d'en excepter.

Quand il y a peu de grains dans le Royaume, tout le monde sait qu'il y en a peu. On ignore en quelle quantité nous en avons; mais on sait que nous en avons. On sait de plus, que ces grains ont des propriétaires; que des propriétaires ne doivent pas être dépouillés comme des ravisseurs. Il est donc d'une justice étroite de les laisser

---

nées 1692, 1693 & 1694. Voyez les *Faits qui ont influé*, &c. pag. 18.

maîtres du prix, & d'attendre que ce prix change par la nouvelle proportion entre la quantité & les befoins qu'éta-blit la concurrence étrangère. Quand les befoins les plus urgens, les périls les plus preffans de l'Etat font refferrer toutes les bourfes ; quand le befoin & la rareté forcent l'Adminiftration à acheter l'argent, foit au-dedans, foit au-dehors, aux conditions les plus oné-reufes, on fait bien qu'il y a de l'ar-gent dans le Royaume ; on fait même beaucoup mieux où il eft, qu'on ne fait où font les bleds ; on fait de plus, qu'il n'y a que de foibles fecours à attendre du dehors. Pourquoi ne fe préfente-t-il jamais à l'efprit de forcer les coffres des particuliers, d'obliger les propriétaires de l'argent à le mettre en évidence, à le vendre au corps de l'Etat au même prix que lorfqu'il circule, & que la cir-culation en déclare l'abondance ? Et fi ce projet d'invafion ne fe préfente jamais à l'efprit des perfonnes les moins difficiles fur le choix des moyens, comment peut-on former & exécuter le projet de forcer les greniers & les ma-gafins, d'obliger les propriétaires du grain à garnir les marchés, & par con-

féquent à vendre, d'après une abondance chimérique, au même prix que ſi
l'abondance étoit réelle & générale? On
reſpecte les droits de la propriété dans
un cas; on les foule aux pieds dans l'autre. Cette conduite contradictoire ſemble annoncer deux Nations, plus diſ-
tinctes encore par la différence de principes & de mœurs, que par la différence de domination.

Si la peur & les préjugés laiſſoient
aux hommes un libre uſage de leur Raiſon, ils ſentiroient que par-tout où il
exiſte une police qui oblige ceux qui
poſſèdent des bleds, à les vendre au-
deſſous du prix auquel ils s'élévent d'eux-
mêmes dans les années malheureuſes,
on s'impoſe le devoir d'obliger les conſommateurs à les payer au-deſſus du prix
où ils tombent d'eux-mêmes dans les
années ſurabondantes. Dans l'impoſſibilité de ſecourir alternativement par
cette compenſation & les conſommateurs & les propriétaires de la denrée,
il ne peut y avoir de police juſte que
celle dont les meſures tendent à tenir
le bled au plus bas prix poſſible dans les
années où il eſt néceſſairement cher,
& à le ſoutenir au plus haut prix poſſi-

ble dans celles où il tombe nécessairement à vil prix. Il n'y a clairement
qu'une liberté entière d'exporter &
d'importer, qui puiffe produire ce double effet. Les grains feront alors à leur
vrai prix; car ils en ont un comme tout
ce qui entre dans un libre commerce.
Le plus grand intérêt de l'Adminiſtration & du Peuple, eſt que ce vrai prix
ſoit connu, maintenu, & qu'aucun prix
illuſoire ne puiffe s'introduire. Or,
l'exemple des autres denrées prouve
qu'il y a une régle pour s'affurer de ce
qui conſtitue le vrai prix de tout, &
par conſéquent celui des grains.

L'abus de ces mots, PRIX COMMUN,
BON PRIX, VIL PRIX, CHERTÉ,
MONOPOLE, *a donné & perpétue de
fauffes idées ſur le Commerce des
Grains.*

Rien n'a de prix abſolu; mais tout
ce qui entre dans le Commerce aquiert
un prix à peu près fixe, qu'on nomme
prix commun. Le prix de chaque choſe
peut & doit même augmenter ou diminuer, à raiſon de l'abondance, ou de
la rareté. L'abondance ſuppoſe une

quantité supérieure, la rareté une quantité inférieure à ce qu'exige la consommation ordinaire. On est dans l'usage de nommer indistinctement *cherté*, ce qui surpasse la valeur accoutumée, & *bas prix* ou *vil prix*, ce qui se trouve au-dessous.

On s'entendroit mieux, & l'on s'épargneroit bien des méprises, si les mots *cherté* & *vil prix*, n'étoient pas devenus l'annonce d'un état de désordre, au détriment du Peuple ou des cultivateurs. Par exemple; le *prix commun* du froment est de 18 à 20 livres le setier *. Cette fixation ne devroit pas empêcher de regarder comme le prix juste & raisonnable, en un mot, comme le *vrai prix* du bled, celui auquel il s'éléve, ou celui auquel il tombe naturellement par la rareté ou l'abondance, lorsque ce prix est réellement proportionné à l'une ou à l'autre. En effet le bled coûte plus, mais le consommateur n'est pas fondé à se plaindre qu'il soit trop *cher*, lorsqu'étant réellement rare ou fort rare, il monte à 25, à 28, à 30 livres. Le bled se vend moins, mais le cultiva-

---

* On entend par *setier*, celui de Paris. Il pèse 240 livres, poids de marc.

teur n'eft pas fondé à dire qu'il eft *à vil prix*, lorfqu'étant réellement abondant ou furabondant, il tombe à 15, à 13, à 12 livres le fetier. C'eft ce qu'avoueront fans peine tous ceux qui ne fe paffionnent exclufivement ni pour les confommateurs, ni pour les cultivateurs. L'enthoufiafme ne permet de voir qu'un feul objet ; la Raifon cherche à les voir tous, & à les mettre à leur vraie place.

Puifqu'on attache communément l'idée de défordre au mot *cherté*, on ne devroit s'en fervir que pour défigner les différens taux auxquels parvient le bled, quand des fpéculations quelconques le font monter au-deffus du prix commun, quoique fa quantité égale ou furpaffe le befoin & la confommation. Par la même raifon, on ne devroit regarder comme *vil prix*, que le taux auquel tombe le bled, quand des opérations quelconques en entretiennent la furabondance, comme, par exemple, les défenfes de le faire circuler, ou de l'exporter. On pourroit, peut-être, ajouter qu'ayant donné le nom de *monopole* à ce qui fait renchérir les grains par les revendeurs de cette denrée, on

devroit auffi regarder comme une efpéce de monopole, ce qui force les vendeurs de la première main, c'eft-à-dire,
les cultivateurs & les propriétaires des
terres, à les vendre au-deffous de leur
vrai prix. Dans l'un & l'autre cas, les
intérêts d'une partie de la Nation font
facrifiés aux intérêts de l'autre. Or,
comme c'eft d'après le préjudice que
caufe une opération, qu'on fe porte à
lui donner un nom odieux, il paroît que
l'expreffion *monopole* pourroit s'appliquer également à ces deux cas, puifqu'ils font évidemment préjudiciables à
une portion nombreufe du public. Eft-
il moins odieux de faire la loi dans les
achats que dans les ventes ? Pourquoi
ne donneroit-on pas le nom de *mono-*
pole à ce qui met en état de faire la
loi fur l'une ou l'autre de ces opérations du Commerce ?

Au refte, le *monopole*, qu'à l'imita-
tion des Romains nous avons cru pouvoir placer au rang des crimes, eft évidemment impoffible en fait de grains.
Si l'on prend ce terme en rigueur, *mo-*
nopole fignifie exactement *vendre feul.*
On fent bien qu'un crime qui fuppo-
feroit annuellement une avance de plus

de huit cents millions *, ne peut être commis, ni par aucun particulier, ni même par aucune confédération de particuliers, quelque opulens qu'ils puffent être. Auffi l'ufage a-t-il refferré confufément le nom de *Monopoleurs* à ceux qui favent faifir les circonftances pour acheter & pour vendre avec plus de profit, & par conféquent dans les momens les plus défavantageux aux cultivateurs de qui ils achétent, & aux confommateurs à qui ils revendent. Sous cet afpect, il y a plus que de l'auftérité à regarder comme un crime, ce qu'on nomme *monopole* en fait de grains, ou plus que de l'indulgence à ne pas regarder tout Commerce fécondaire, ou de revente, comme un monopole; car il n'y a point de marchand qui ne faffe tous fes efforts pour acheter au plus bas prix & pour vendre au plus haut prix qu'il peut.

Il n'eft pas impoffible de voir pourquoi c'eft principalement au Commer-

---

* Perfonne ne fait, même à-peu-près, à quoi monte une de nos récoltes ordinaires. Mais en s'arrêtant à l'évaluation la plus commune, qui eft de 45 millions de fetiers, & en fuppofant le prix du fetier à 18 livres, leur valeur feroit de huit cents dix millions.

ce des grains que s'appliquent ordinairement les mots *monopole* & *monopoleurs*. Les prohibitions multiplient les occasions & les facilités d'acheter la denrée fort au-deffous de fa valeur, & de la vendre fort au-deffus du prix auquel la réduiroit une libre & entière concurrence. Comme ces occasions & ces facilités ne peuvent fe rencontrer dans les Commerces libres, les efforts que font les concurrens pour gagner & en achetant & en vendant, ne fervent qu'à maintenir les marchandifes à leur vrai prix; il feroit donc abfurde de traiter les marchands de monopoleurs. A l'égard des marchands de grains, ce qu'ils font pour augmenter leurs bénéfices n'a rien de différent en foi. Cependant leur conduite peut être, ou du moins peut paroître moins innocente, parce qu'ils profitent contre le Public, d'une prohibition qu'on n'a établie que dans l'efpérance de mieux fervir fes intérêts. Tout ce qu'on doit en conclure, c'eft que la prohibition eft vicieufe en elle-même; elle va contre fon objet. Les marchands de grains font devenus, par le vice de la Loi, des efpéces de joueurs, qui s'expofent au rifque de gagner, ou de perdre, mais qui ne négligent rien pour profiter du beau jeu & des fautes des joueurs. Seroit-ce-là un crime ? Et, si c'en est un, n'est-il pas le fruit immédiat & nécessaire de toute police prohibitive ? Quand un Commerce est libre & que la concurrence est générale, le public a toujours beau jeu, & ne peut faire de fautes. Toutes les fautes sont du côté des marchands & contre eux. La plus grande avidité pour le gain, la plus grande vigilance à le poursuivre, ne peuvent plus mériter le nom de *monopole*, à quelque prix que la denrée puisse monter. Le monopole devient une chimère. Au lieu que, sous les prohibitions, la conduite la plus naturelle dans un marchand, l'expose à recevoir le nom de *monopoleur*.

Ces précisions ne serviroient peutêtre qu'à embrouiller les idées, si on les substituoit brusquement à l'acception vulgaire des mots *prix commun*, *bon prix*, *cherté*, *vil prix*, *monopole*. Mais on a cru qu'il pouvoit être utile d'avertir qu'on a senti, en écrivant sur cette matière, le besoin d'expressions plus exactes, & dont le sens fût déterminé. L'abus des termes est devenu inévitable, fréquent & une source d'obſcurité dans la diſcuſſion des principes.

L'abus de cette expreſſion, LE NIVEAU DU PRIX DES DENRÉES, donne & perpétue de fauſſes idées ſur le Commerce des Grains.

Ceux qui prétendent, par quelque motif que ce ſoit, que la liberté du commerce des grains eſt déſavantageuſe pour le Royaume, ou peut le devenir, ſe ſervent très-ſouvent d'une autre expreſſion, dont il n'eſt que trop aiſé d'abuſer, faute d'en avoir déterminé le ſens précis. L'effet néceſſaire de la liberté, diſent-ils, eſt d'augmenter le prix ancien des bleds. Cette augmentation dérange le *niveau* où ils étoient avec les autres denrées ; ces autres denrées n'augmentant pas de prix, tous ceux qui en font commerce, ou qui en conſomment, deviennent hors d'état de ſoutenir *le niveau du prix des grains.*

Le vrai *niveau*, celui qui réſulte de la comparaiſon des valeurs proportionelles que doivent avoir les denrées, ne peut exiſter qu'autant que les denrées qu'on cherche à comparer, jouiſſent, dans le

commercé , de conditions égales. Si ,
par exemple , l'une de ces denrées peut
être mife en vente au-dedans ou au-dehors du Royaume, avec une pleine &
entière liberté ; que l'autre foit gênée,
contrainte , enforte qu'elle ne puiffe
être préfentée que dans un petit nombre de marchés ; la première s'élévera
à toute la valeur dont elle eft fufcepti-
ble , parce qu'elle profitera de la concurrence du plus grand nombre d'acheteurs poffible ; la feconde fera toûjours
& néceffairement au-deffous de fa vraie
valeur, parce que la concurrence étant
générale entre les vendeurs, elle ne
fera , à l'égard des acheteurs , que foible & partielle. Leur vrai prix relatif
demeurera donc inconnu, par l'impof-
bilité de conjecturer à quel taux il fe
feroit fixé par l'effet d'une liberté ré-
ciproque dans la vente. Deux efpéces
de marchandifes qui fe vendent *librement* , acquièrent un prix quelconque,
réfultant d'un côté de la quantité des
la chofe, & de l'autre de la quantité des
confommateurs. C'eft de la comparaifon
de ce prix que fe conclura leur *niveau*.
Qu'on change cette condition effentiel-
le , la *liberté* ; qu'on la laiffe à l'une de

ces marchandifes & qu'on en dépouille l'autre; la première confervera fon prix; la feconde perdra de celui qu'elle avoit obtenu par la liberté. La comparaifon qu'on feroit enfuite du prix de l'une & de l'autre, donneroit un faux niveau, ce qui feroit équivalent à n'avoir point de niveau.

C'eft précifément ce qui eft arrivé aux grains du Royaume, en conféquence des longues prohibitions fous le joug defquelles ils ont été retenus. Ce feroit perpétuer le malheur des propriétaires de cette denrée, & tendre à la deftruction de cette portion précieufe & immenfe de nos richeffes, que de regarder comme un niveau réel, l'ancienne différence de prix entre les grains & les autres denrées.

En quoi confifteroit donc le niveau dont parlent les partifans des prohibitions de commerce? Voudroient-ils, par exemple, que le vigneron, le nouricier de bétail, le manufacturier, puffent obtenir le bled au-deffous de fa valeur, lorfque des vendanges malheureufes, des épidémies fur les beftiaux, des deuils, des changemens de mode, ou un commerce forcé de la part de l'Etranger , diminuent leurs facultés ? Ce feroit former le vœu de l'afferviffe- ment de la propriété des cultivateurs & des poffeffeurs de grains , à toutes les autres propriétés quelconques. Ce feroit aux dépens du laboureur que les vignes auroient été grêlées ; que les lins & les chanvres feroient gelés , que les trou- peaux périroient par des épidémies, & que les manufactures feroient fufpendues par des deuils ou par l'afcendant de la con- currence étrangère. D'ailleurs , à quel taux fixeroit-on le prix du bled pour qu'il fe trouvât toujours au *niveau* des fa- cultés , felon les différens degrés de di- minution qu'elles pourroient éprouver dans les années plus ou moins malheureu- fes ? Les adverfaires de la liberté , pour être juftes, devroient établir auffi en prin- cipe que quand les gelées , les pluies, la fé- chereffe, la nielle ravagent les moiffons , les autres propriétaires fourniront à bas prix , aux laboureurs & à tous leurs agens en fous-ordre , du vin , du bois , de la viande , de la toile , des étoffes, en un mot, tout ce qu'une année malheureufe les met hors d'état de payer au même taux que dans les années fécondes.

Qui ne voit l'impoffibilité de faire adopter , par une Adminiftration courageufe & bienfaifante, un fyftême fi minutieux, fi injufte ? N'eft-il pas évident que les terres qui produifent du grain , les avances qu'elles exigent , les dépenfes annuelles fans lefquelles il feroit infenfé d'attendre des moiffons, ne doivent rien aux propriétaires , ou aux cultivateurs des vignes , à ceux des montagnes & des prairies qui nourriffent des troupeaux , aux ouvriers qui fabriquent pour leur compte, ou qui vendent leur temps & leur induftrie à des entrepreneurs de fabriques ou de manufactures. Attaquer ce principe, on ne fauroit trop y faire attention , c'eft bouleverfer les fondemens des fociétés policées, & ne reconnoître de *droit* que celui du plus fort. En effet, quelle feroit la propriété qu'à fon tour le laboureur dût refpecter, fi les propriétaires , & même les fimples ouvriers de toutes les autres claffes , pouvoient fe croire difpenfés de refpecter la fienne ?

Tout ce que fe doivent des hommes en fociété , tout ce que doit l'adminiftration à ceux qu'elle gouverne, c'eft de mettre obftacle à toute ufurpation. C'en eft une que de vendre les chofes au-deffus de leur vrai prix; c'en eft une que

que de mettre obstacle au vrai prix des choses. Il n'y a donc de maximes respectables, en fait de Commerce, que celles qui assurent l'existence continue du vrai prix. Alors nul ne peut survendre; nul ne peut spolier; tout prend un juste niveau, & par conséquent il ne peut exister ni murmures ni plaintes *légitimes*, soit de la part des vendeurs, soit de la part des consommateurs. La pleine & entière liberté de Commerce est le seul moyen d'atteindre ce but. Tout autre système d'Administration trahiroit les intérêts de la Nation & de l'Administration même.

Au-reste ce n'est pas uniquement pour les grains que la liberté du Commerce est la sauve-garde des richesses de l'Etat. S'il existe quelques marchandises, & à plus forte raison, s'il existe quelques denrées en France dont le Commerce soit gêné, elles y sont certainement en stagnation & à un faux prix. Les dégager de leurs entraves pour les ramener à leus prix vrai, ce seroit assurer pour toujours ce niveau général, sans lequel il y a nécessairement une multitude d'hommes qui souffrent, & beaucoup de branches de nos richesses qui périclitent.

* C

La prohibition eſt un obſtacle invincible au prix qui mettroit les Grains au NIVEAU des autres denrées.

Le produit annuel de nos récoltes eſt-il bien connu ? ſont-elles au-deſſous de nos beſoins ? ſont-elles ſuffiſantes ? récoltons - nous plus de grains que nous ne pouvons en conſommer ? Voilà des queſtions auxquelles il eſt impoſſible de répondre avec quelque confiance, tant que cette denrée ſera dans les liens des prohibitions. Perſonne n'ignore qu'un grand nombre d'hommes ne conſomment point de bled , ou n'en conſomment que fort peu. Les grains , dans leur totalité , ſont diſſéminés entre une multitude innombrable de propriétaires plus ou moins riches, plus ou moins pauvres. Les uns habitent des Provinces qui ne recueillent jamais une quantité de grains ſuffiſante ; d'autres ont leurs biens ſitués dans un pays qui ne fournit que le néceſſaire exact ; une troiſiéme claſſe eſt habituellement dans une ſurabondance plus ou moins grande ; & tous ſont expoſés à voir leur ſituation aggravée ou améliorée par l'irrégularité des faifons. Entre toutes ces Provinces, les communications font plus ou moins faciles, & elles font quelquefois impoffibles. La mer, les rivières navigables, les routes par terre fervent les intérêts des unes, & manquent totalement aux autres, ou en tout tems, ou pendant plufieurs mois de l'année. A travers cette complication, & elle eft infiniment plus grande qu'on ne la montre ici, n'eft-ce pas propofer une police très-fupérieure aux forces de l'Adminiftrateur le mieux inftruit, le plus vigilant, & doué de l'efprit le plus tranfcendant, que de lui dire : Fixez le prix que doivent fe vendre ces grains difféminés çà & là dans tout le Royaume ; mais fixez - le avec tant de fûreté & de précifion, que le confommateur l'obtienne toujours à un taux proportionné à fes facultés, & que le cultivateur trouve toujours de l'avantage à perpétuer d'année en année la quantité néceffaire de fubfiftances ?

Si cette fixation étoit poffible, il eft évident que la première opération à faire feroit de mettre la totalité des grains en mouvement, afin qu'il fe fît, entre les différentes Provinces, une compenfation qui chaffât le befoin des unes, &

la furabondance des autres. Mais ce mouvement univerfel ne peut être communiqué immédiatement par l'Adminiftration, puifqu'elle ne poffède pas la denrée. Il ne peut être que l'ouvrage & le
fruit du Commerce. C'eft donc par le
Commerce qu'il faudroit fonger à l'imprimer dans le premier moment, & à
le perpétuer dans la fuite. Or, comment
imaginer la poffibilité d'intéreffer à cette
opération des commerçans, des marchands, des propriétaires qui n'auroient
aucun profit à efpérer de leur intelligen-
ce & de leur activité, & qui auroient
tout à craindre des clameurs du peuple
& des furprifes qui pouroient être faites
à l'Adminiftration ?

Cela s'eft exécuté, dira-t-on, pendant
la longue durée de nos prohibitions. Non
certainement. Les cultivateurs découra-
gés ont toujours reçu le prix qu'on a
bien voulu leur offrir dans les bonnes
années, & les grains fe font toujours
vendus au taux de l'avidité dans les mauvaifes; ainfi nos grains n'ont jamais été
à leur vrai prix. Il eft notoire que la
France a éprouvé tous les maux qu'en-
traînent les difettes réelles, quoiqu'elle
eût des grains en abondance; parce que

ce qu'on nomme *monopole* , marche toujours à la suite des prohibitions & n'exiſte que par elles. Il eſt notoire qu'il ne s'eſt jamais fait de compenſation de prix par le mouvement des grains d'une Province à l'autre , parce que les prohibitions engourdiſſent le commerce & tiennent tout en ſtagnation. Il eſt notoire qu'habituellement les grains étoient à la fois *fort chers* dans une Province , à *vil prix* dans une autre , en prenant ces expreſſions dans leur ſignification rigoureuſe ; & que ſouvent , à de très-petites diſtances , il ne ſe formoit aucun milieu entre ces deux extrêmités. Actuellement même que des murmures, des plaintes & même des cris ont éclaté , il n'y a point de compenſation entre les prix, parce que le mouvement n'eſt pas général dans l'intérieur, preuve évidente que le Commerce des grains n'eſt pas encore établi en France. On a vu le froment à la fin du mois de Mars dernier à 15 & à 21 liv. 10 ſols le ſetier de Paris, en Alſace ; à 13 liv. 5 ſ. & à 20 liv. 16 ſ. dans le Berry ; à 16 & à 20 liv. en Lorraine ; à 15 & à 20 liv. dans le Poitou ; à 16 & à 21 liv. dans la Touraine ; tandis que les prix étoient de 25 & de 33 liv. le

C iij

setier de Paris , en Flandres ; de 24 &
de 32 liv. en Dauphiné ; & qu'il est monté à 30 liv. 10 s. dans le Roussillon & dans
le Soissonois ; à 31 liv. dans quelques endroits de la Généralité de Paris ; à 33 liv.
17 s. à Rouen. Dans le même tems il ne
se vendoit que ,

13 liv. 5 & 13 liv. 10 s. à la Châtre &
à Confollens.

14 liv. à Vierson.

15 liv. à Landeau, à Issoudun , à
Thionville , à Montluçon.

16 liv. à Vissembourg , à Château-
roux, à Epinal, à Sarelouis, à Niort, à
Thouars , à Richelieu.

17 liv. à Tarbes, à Bourges, à Pont-
à-Mousson , à Metz, à Poitiers, à Châ-
telleraut, à Châteaugontier, à Loches.

18 liv. à S. Jean-d'Angély , à Limo-
ges , à Angoulême, à Aubusson , à Ven-
dôme , à Tours, à Amboise , à Angers,
au Mans , à Loudun.

On pourroit citer une foule d'exemples actuels de la diversité de prix dans
d'autres Provinces ; diversité uniquement
fondée sur le défaut de mouvement dans le Commerce intérieur des
bleds. C'est de ces faits qu'il faut partir
pour sentir toute l'impossibilité d'établir

& d'entretenir un jufte *niveau* entre une denrée qui fouffre encore des prohibitions longues & abfolues qu'elle a effuyées, & d'autres denrées qui fe font toutes élevées à leur vrai prix. Leur fupériorité n'a point d'autre caufe que la liberté ancienne & actuelle d'en faire le Commerce au-dedans & au-dehors.

La prohibition rend fauffes, à l'égard des Grains, les maximes les plus inconteftables pour tout Commerce, de quelque nature qu'il foit.

Il n'y a peut-être encore que trop de gens qui penfent qu'on peut appliquer au bled, dans l'état même de prohibition, ce principe commun : *La valeur d'une denrée eft toujours proportionnée à la quantité qui en exifte dans le pays, & au befoin qu'on en a.* Ce principe eft rigoureufement vrai par-tout où le Commerce eft libre, parce que la grande concurrence qui réfulte d'une entière liberté établit *néceffairement* la proportion du prix des chofes fur leur quantité, & fur le nombre & le befoin des confommateurs. Mais ce même principe eft rigoureufement faux par-tout où la li-

C iv

berté du Commerce eſt éteinte ou limitée. Cela vient de ce que, dans l'état de
prohibition totale ou partielle, le beſoin
reſte tout entier , & que la denrée qui
pourroit le faire ceſſer ne reſte pas, ou,
ce qui revient au même, ne paroît pas
toute entière dans le Commerce. Il n'y
a donc plus de *proportion* poſſible entre
le prix , la quantité & le beſoin. Le beſoin réel s'accroît par la crainte où l'on
eſt de ne pouvoir le ſatisfaire , & le prix
de la choſe s'éléve au-deſſus de ce qu'il
devroit être , c'eſt-à-dire , au-deſſus du
prix vrai qu'il eſt ſi eſſentiel de connoître
& de maintenir. La réalité , & même
la ſeule eſpérance d'une augmentation
de prix , porte à cacher , à reſſerrer une
grande partie de la denrée. Cette partie
cachée devient nulle pour le Commerce,
puiſqu'elle n'y entre pas. Ainſi , par une
ſuite du principe même qu'on vient de
rapporter , le prix augmente & doit néceſſairement augmenter , parce que relativement aux acheteurs , la quantité
ſe trouve réellement diminuée de la totalité de ce qui eſt inconnu. Les bleds
de la récolte de 1693 , qui ſe trouvèrent
gâtés en 1698 , parce qu'on n'avoit pas
cru devoir les livrer à 74 liv. le ſetier ,

étoient nuls à l'égard du prix qui se forma
en 1693 *. S'ils fussent entrés dans la
quantité qui se vendit alors, le prix eût
certainement diminué, parce que le
besoin, quoiqu'au même degré, eût
paru moindre, & que le péril de manquer de subsistance eût été moindre en
effet. En conséquence personne n'eût
offert 74 liv. du setier de bled ; & le
vendeur se fût déterminé par la crainte
de voir sa denrée baisser de prix, au-
lieu qu'il se détermina par l'espérance
de la voir devenir de plus en plus chère.

Dans l'état de liberté, tout prend
son niveau ; le prix *proportionnel* des
choses s'établit de lui-même. Pourquoi ? parce que la quantité, le besoin, les demandes & les offres de
l'universalité des vendeurs & des acheteurs, tout est en évidence. Au-contraire, dans l'état de prohibitions totales ou partielles, la concurrence devient insensiblement bornée, & souvent
nulle ; ainsi il existe une incertitude
universelle sur la quantité. Alors, au-
lieu de se *proportionner* à la quantité

---

* Voyez l'Ecrit intitulé : *Faits qui ont influé sur
la cherté, &c.* pag. 22. On en trouve des exemplaires
chez Desaint, rue du Foin S. Jacques.

& au befoin, le prix fe proportionne à *la peur* de ceux qui confomment, & *à l'adreffe* des vendeurs. Ces deux mobiles font fufceptibles de variations fi grandes en plus & en moins, qu'il faudroit n'avoir aucune connoiffance & des hommes & des faits, pour fuppofer que dans les momens d'effervefcence de deux paffions telles que la peur & la cupidité, il s'établira tranquillement un prix *proportionnel* à la quantité réelle & au befoin réel. Il faut en conclure que fi l'objet le plus important pour l'Adminiftration eft de bien connoître la fomme des grains exiftans dans le Royaume, & l'étendue précife du befoin, elle n'a qu'un feul moyen d'aquérir cette connoiffance; c'eft de s'affurer du vrai prix de la denrée. Mais, comme les prohibitions & les limitations ne donnent jamais que des prix faux & exagérés, & que la liberté & la concurrence font les moyens uniques de connoître le prix vrai, la liberté de commerce devient un principe abfolu & fondamental de toute bonne adminiftration; or les principes abfolus & fondamentaux excluent tous les autres, comme deftructifs.

Il est peut-être néceffaire d'avertir ici qu'en parlant du *prix vrai*, on est bien éloigné de vouloir faire entendre que ce prix feroit le même dans tout le Royaume. Cela eft impoffible ; parce qu'il en coûte plus pour le tranfporter dans certains endroits que dans d'autres, & que par conféquent il doit coûter plus, ou coûter moins, à raifon des frais de tranfports, des falaires & des profits de ceux par qui ils s'exécutent. Mais cette différence même entre dans le prix vrai de la denrée. Il fuffit, pour le bien général, qu'elle foit à peu-près à un même prix de vente dans les marchés primitifs, & que la différence ne confifte que dans la difproportion des dépenfes néceffaires pour la faire parvenir dans les lieux de la confommation. Ces milieux, qui fe multiplient à l'infini, depuis la récolte des grains, jufqu'à leur converfion en pain, ne pouvant exifter que par l'effet d'un Commerce libre, les prohibitions ne peuvent que jetter dans des extrêmes, foit dans les années peu favorables, foit dans les années furabondantes. C'eft pourquoi, dans le Commerce, tout marche d'un mouvement fouple & continu avec la liberté, au-lieu que sans elle, rien ne peut être mis en mouvement que par des convulsions & des secousses qui dérangent toute proportion entre la valeur, la quantité & le besoin.

Une liberté pleine & entière est le seul principe qui puisse remplir les vues d'une bonne Administration.

Les partisans de la liberté n'ont cessé de dire & de répéter que l'unique police, en matière de subsistances, consistoit *à laisser aller les choses d'elles-mêmes*; à ne faire sentir la main de l'Administration, que contre les obstacles à une entière liberté; que le Commerce des grains, qui, parmi nous, est à peine essayé, se montera tout seul; que la sûreté, pour tous les tems, pour toutes les circonstances, sera le fruit immédiat d'une exportation & d'une importation entièrement libres. La simplicité de ce plan d'Administration ne pouvoit qu'étonner & peut-être indisposer ceux qui, sur d'autres matières, se sentent la capacité de tout voir, de tout régler, de tout conduire. Mais des événemens aussi décisifs qu'effrayans, & toujours les mêmes, avertissent ceux qui écouteroient leur amour-propre avec le plus de complaisance, que le régime d'un Commerce aussi compliqué que celui des grains est au-dessus des forces de l'homme le plus supérieur, que par conséquent il est indispensable de l'abandonner à lui-même.

En effet le Commerce des grains est le seul qui intéresse au même dégré & à-peu-près en même quantité, l'universalité des hommes, depuis les Souverains jusqu'aux plus obscurs de leurs sujets. Les branches les plus étendues de notre Commerce intérieur ou extérieur, ne répondent aux besoins que de quelques classes d'hommes ; l'article des grains embrasse toutes les classes & celle des Mendians n'en est même pas exceptée. Les besoins sont donc immenses ; ils sont quotidiens ; ils s'étendent à chaque individu, quels que soient son âge, sa condition, sa fortune. Le grain ne vient pas par-tout ; c'est une production surabondante pour certaines Provinces, tandis que d'autres en manquent absolument, ou n'en produisent que pour quelques mois. Les villes, où il s'en fait une si grande consommation, ne produisent pas un seul épi. Quand on songe à la multitude, à la compli-

cation de reſſorts & de contrepoids né-
ceſſaires pour que cette denrée ſe porte
par-tout ; que par-tout elle ſoit proportionnée au beſoin & à l'énorme anéan-
tiſſement qu'opère une conſommation
quotidienne, on comprend, ſans effort,
l'impoſſibilité de gouverner les détails
& l'enſemble d'une opération ſi vaſte.
Son étendue & ſa complication aver-
tiſſent les hommes ordinaires & font
ſentir, plus qu'à d'autres, aux hommes
ſupérieurs, qu'il faut laiſſer aller de ſoi-
même ce qui eſt au-deſſus de toute capacité humaine.

Le prix des grains doit ſuffire pour
en déclarer à l'Adminiſtration la rareté
ou l'abondance ; mais pour en juger
d'après le prix, il faut le connoître,
& il ne peut être connu que quand il
exiſte une concurrence capable de diſ-
ſiper les illuſions que cauſent & la peur
& l'avidité. La liberté, bornée à l'*exportation*, aſſervit l'Angleterre aux Monopoleurs * ; la liberté, bornée à l'*importation*, a conduit pluſieurs fois la
France au péril d'une famine, au milieu
de ſubſiſtances abondantes. La liberté

Voyez l'Ecrit intitulé : *Faits qui ont influé ſur la
cherté*, &c. pag. 28 & ſuiv.

limitée, foit fur l'exportation, foit fur l'importation, eft donc le triomphe du monopole, parce qu'il découle immédiatement des opérations qu'on fait pour le prévenir, & qu'il fe fortifie de plus en plus par les mefures qu'on prend pour l'arrêter.

Une liberté limitée peut devenir plus dangereufe pour la Nation, qu'une prohibition totale.

Toute limitation fuppofe une portion de liberté, & la plus petite portion de liberté eft un bien en elle-même. L'exemple de l'Angleterre eft décifif à cet égard. Elle ne jouit que d'une des branches du Commerce des grains, l'*exportation* ; cependant elle en a tiré de grands avantages. Mais l'*importation* y étant prefqu'impoffible, la *circulation* intérieure y eft néceffairement imparfaite. Ces deux branches qui lui manquent, lui manqueront peut-être toujours, par la feule raifon que l'importance d'une entière liberté de Commerce n'y a pas été fentie dans les premiers momens. Les Anglois feroient infiniment plus frappés de la néceffité d'une

liberté entière , s'ils fortoient d'une prohibition abfolue , qu'ils ne peuvent l'être
après avoir limité la liberté à l'exportation. Voilà l'effet prefque néceffaire des limitations; ainfi il eft aifé de fentir à quel
point elles peuvent devenir dangereufes.

Leur afcendant fur les hommes ordinaires , vient de ce qu'elles femb-
lent annoncer des méditations profondes , des calculs politiques murement
réfléchis. Cette efpéce d'appareil impo-
fe. Il devient par conféquent un obftacle
très-grand au retour vers les principes
fimples & falutaires d'où dépend le bien
public. Ces principes, au-contraire, par
la raifon qu'ils font fimples , renferment
tout leur mérite en eux-mêmes. Ils ne
font que les réfultats des faits , & les
réfultats n'impofent point par un air de
méditations & de calculs antérieurs.
Auffi , lorfqu'on les oppofe à un autre
principe abfolu, comme celui de la prohibition , la victoire n'eft plus douteufe.
Les forces font trop inégales. Mais fi l'illufion qui réfulte des limitations a tant d'afcendant fur le gros des hommes , la certi-
tude des principes de la liberté eft telle
qu'on peut fans crainte porter le défi à tous
les Calculateurs & à tous les Politiques
de

de l'Europe de trouver, 1°un autre moyen pour administrer avec justice & sûreté le Commerce intérieur des bleds, que d'en connoître le prix ; 2° d'en connoître le vrai prix par aucune autre voie que celle d'une liberté pleine, entière, illimitée d'exporter, d'importer & de faire circuler cette denrée. Ce sont des calculs faux ou du moins insuffisans, qui ont conduit aux limitations. Des calculs plus approfondis eussent démontré que chaque limitation étoit une partie incalculée & par conséquent inconnue. Or il n'appartient qu'à la *liberté*, pour emprunter ici l'expression des Géomêtres, de faire évanouir toutes les inconnues qui embarassent ce problême politique.

Ce n'est, on le répéte, que par des résultats saisis en grand, que l'Administration peut juger avec une pleine sécurité de ce qui manque, ou de ce qui surabonde dans le Royaume. Ces résultats sont fournis par le Commerce général, & ne peuvent l'être que par lui. Il n'y a point de Commerce général sans liberté, parce que, sans liberté, il devient partiel, & par conséquent sans concurrence. La concurrence est donc l'élément essentiel & unique, sans lequel

*   D

il seroit physiquement impossible de connoître ce qui existe dans un Royaume,
ce qui lui manque, & jusqu'où va l'excès
ou le défaut.

La liberté entière d'exporter, n'est qu'un
MOYEN *pour parvenir à la circula-*
tion générale dans l'intérieur, & par
conséquent à la répartition générale
des subsistances.

On suppose assez généralement que
l'unique but de ceux qu'on nomme *Par-*
tisans de l'exportation, est de former une
branche de commerce de tous les grains
qui sont consommés par des animaux,
ou qui périssent dans les greniers pendant les années d'abondance. C'est leur
supposer des vues bien bornées. L'exportation n'est qu'une des branches du
libre Commerce des Grains. Elle ne doit
être envisagée que comme un *moyen*
d'atteindre un *but* infiniment plus inté-
ressant pour l'humanité, que les richesses
acquises par le Commerce extérieur. Ce
but est, 1° d'établir une *circulation gé-*
nérale dont le Royaume a un besoin
extrême, qui n'y existe pas, & qui ne
peut y exister que par la liberté d'ex-

porter ; 2° d'assurer des subsistances lorsqu'il survient des années trop peu abondantes.

Personne ne contestera, sans doute, qu'au moment de l'Edit du mois de Juillet 1764, la France ne fût dans un état de surabondance onéreuse. Tout étoit à peu près disposé du côté des ports, pour profiter du bienfait qu'accordoit le Roi à ses peuples ; les lieux situés sur les grandes rivières pouvoient en assez peu de tems se mettre en état de faire descendre leurs grains jusqu'à la mer ; mais rien n'étoit prêt dans les Provinces méditerranées pour remplacer les grains qui alloient s'écouler & par les rivières & par les ports. Point de marchés accrédités, qu'à des distances assez considérables les uns des autres ; point de magasins formés ; point de correspondances établies ; point de communications connues & faciles, soit par terre, soit par eau. Les remplacemens de proche en proche, sans lesquels le niveau du commerce & des prix ne peut se former, ne pouvoient donc se faire que foiblement, difficilement & lentement. C'étoit une secousse ; & les secousses empêchent les choses morales,

comme les chofes phyfiques , de prendre leur niveau. Par une conféquence
néceffaire on vit à la fois les grains à
trop haut prix dans certaines parties du
Royaume, tandis qu'ils étoient à trop
bas prix dans d'autres.

Que manquoit-il alors dans l'intérieur?
Il ne manquoit évidemment qu'une circulation générale folidement établie,
puifqu'il y avoit furabondance & bas prix
dans les lieux où le mouvement, caufé par
l'exportation, ne s'étoit pas communiqué;
& une apparence de cherté par-tout où
ce mouvement s'étoit fait fentir, fans être
fuivi de remplacemens. Une autre preuve que la circulation manquoit , c'eft
qu'après quatorze mois de liberté d'exporter, il n'étoit forti que 803 mille fetiers de grains du Royaume *, & qu'une
fi foible exportation devoit à peine influer fur les prix, puifqu'on étoit dans la
furabondance.

Le plus funefte de tous les effets des
anciennes prohibitions , & ces effets fe

---

* Voyez l'Ecrit intitulé : *Faits qui ont influé fur la
cherté, &c.* pag. 36 , où fe trouve un état général de
trois en trois mois , des exportations & des importations qui fe font faites depuis le 1 Octobre
1764 , jufqu'au 1 Octobre 1767.

font encore fentir dans prefque tout le
Royaume, c'eft cette ceffation, ou, pour
mieux dire , cette extinction de toute
circulation entre les différentes Provinces. Il eft très-certain , très-conftant, &
on en fourniroit mille preuves, que le
bled, étant à un prix un peu fort dans
un canton, eft, quelquefois & même
affez fouvent, à fi bas prix à des dif-
tances de dix, de douze & de quinze
lieues, qu'on gagneroit beaucoup à le
tranfporter où l'on en manque ; cependant on ne l'y tranfporte pas. C'eft
évidemment un double défordre, un
double malheur dans l'Etat ; il exifte
à la fois le mal du befoin, & le mal de
l'appauvriffement par la furabondance,
entre des cantons peu éloignés, & qui
pourroient, avec profit, s'accorder de
mutuels fecours. C'eft encore un fait,
qu'on eft en état de prouver, que des
Négocians avertis de ces occafions de
faire un bénéfice prompt & fûr, n'ont
pas voulu en profiter. Ils ont dit qu'ils
n'avoient jamais fait ce genre de commerce ; qu'ils n'avoient ni correfpon-
dans, ni magafins, ni aucune commodité établie pour le faire ; enfin on eft
en état de prouver que les deux extrê-

D iij

mités font reftées dans la même pofi-
tion ; befoin & cherté d'un côté, furabondance & bas prix de l'autre.

S'il y a un mal intérieur auquel il
foit important & preffant de remédier,
c'eft certainement celui - là. Mais ce
mal ne peut céder qu'à un feul reméde,
la libre exportation ; tous les autres
moyens font impuiffans. La liberté de
la circulation de Province à Province,
formellement interdite depuis 1699, a
été rétablie par la Déclaration du 25
Mai 1763*. Quelque fage que fût cette
loi, comme il n'exiftoit, quand elle
parut, aucun moyen, aucun motif pour
en faire ufage, tout, ou prefque tout,
reftoit en ftagnation. La liberté d'exporter n'exiftoit pas encore ; cette liberté
pouvoit feule donner du mouvement à
la denrée, & ce mouvement, ne pouvant fe communiquer que de proche
en proche, il étoit aifé de prévoir que
l'exportation même, employée *comme*

_____

* On n'ignore pas qu'un Arrêt du Confeil, du
17 Septembre 1754, avoit permis la circulation des
grains dans l'intérieur ; mais cet Arrêt n'a produit
aucun effet. Il eft bon de remarquer qu'il n'autori-
foit la circulation que *par terre & par les rivières*;
les communications *par mer* reftoient fous la prohibition. Celui qui rédigea cet Arrêt, n'avoit pas la
Carte de France fous les yeux.

moyen, n'eût agi que peu à peu & avec lenteur. L'expérience n'a que trop prouvé la justesse de cette conjecture. On a peu exporté ; cependant la circulation a commencé à s'établir. Il y a quatre ans que la liberté d'exporter a été accordée ; cependant il s'en faut de beaucoup que la circulation ne soit générale. Le commerce intérieur se forme ; mais il est encore bien éloigné d'être formé. Il n'eût jamais existé sans l'exportation, & il ne peut se perfectionner & parvenir à un état de consistence que par la liberté continue & illimitée d'exporter. C'est cette issue au-dehors, qui, dégarnissant la frontière extrême, excite les remplacemens. Ces premiers remplacemens en exigent d'autres dans les lieux d'où ils se font faits. Les spéculations naissent de tous côtés ; une multitude de correspondances s'établissent ; les petits magasins se forment ; & c'est ainsi que dans toutes les espéces de Commerces libres, le mouvement se communiquant de la circonférence au centre, ou du centre à la circonférence, porte & entretient par-tout la vie & l'activité.

Les adversaires de l'exportation ne voient, dans cette opération supérieure,

D iv

que les grains qui fortent du Royaume, ou plutôt que les grains qu'ils s'ima-
ginent qu'on peut en faire fortir. Ils ne
voient aucun des obftacles qui s'oppofent à l'exportation réelle d'une portion
confidérable de nos récoltes; cependant
ces obftacles font en affez grand nombre, & il y en a d'invincibles. Ce qu'il
eft effentiel de voir, & de ne jamais
perdre de vue, c'eft la fupériorité, immenfe en quantité, des grains que re-
tiendroit la confommation intérieure,
fi une circulation générale entretenoit
une confommation générale & facile.
Il n'exifte, & il ne peut exifter, entre
les mains de qui que ce foit, une quantité de bled fuffifante pour allarmer les
gens les plus ombrageux. La maffe totale des grains circulans ou exportés,
eft compofée d'une multitude innombrable de très-petites parties, que de
petits & pauvres fermiers ou propriétaires des Provinces, portent dans les
marchés. Ce n'eft qu'après avoir fourni
les fubfiftances locales, après avoir paffé
fucceffivement par les mains de ceux
qui font quelques amas, foit pour leur
compte, foit par commiffion, que ces
petites parties de grains, d'abord dif-

féminées ; contribuent, par leur réunion, à former des greniers un peu remarquables. Si l'on empêchoit ces petits
amas de se former, & qu'on regardât
comme suspects les greniers & les magafins qui s'établissent par degrés, & de distance en distance, dans la vue de faire,
un peu en grand, le Commerce de circulation ou d'exportation, les trois
quarts du produit total de nos récoltes
annuelles, demeureroient en stagnation.
Comment s'opéreroit donc cette répartition générale entre les différentes Provinces, sans laquelle le malheur du befoin, & celui de la furabondance, sub-
fistent en même tems, & font inévi-
tables ?

Le Commerce de circulation constitue le Commerce des Grains proprement dit, & même toute espéce de
Commerce. On n'exporte jamais le nécessaire, dans quelque genre que ce
soit ; & ce qu'il est possible d'exporter,
n'est qu'une très-petite portion de ce
qu'absorbe la consommation intérieure.
Le grand intérêt de l'Etat est donc de
favoriser en tout genre la plus grande
circulation. C'est peut-être le plus sûr
préservatif contre les exportations qu'on

croiroit pouvoir devenir exceffives ; quoiqu'il foit impoffible de fe raffurer contre d'exceffives exportations, fans maintenir la liberté d'exporter.

Dira-t-on que les opérations de l'intérieur étant provoquées par la perfpective de faire fortir les grains, ils s'éléveroient par-tout à un trop haut prix, & s'y foutiendroient continûment?

1° Il eft néceffaire & jufte que les grains parviennent, dans toute la France, au prix qu'établit pour les autres denrées, la plus grande concurrence poffible de vendeurs & d'acheteurs ; c'eft là le vrai prix de la chofe, & nul n'a droit de prétendre au privilége abfurde de vendre fa denrée à fon vrai prix, & de forcer les autres à lui vendre la leur au-deffous de ce qu'elle vaut.

2° La liberté du Commerce établiffant une concurrence générale, l'Etranger qui entre dans cette concurrence, ne permet pas au vendeur Régnicole de foutenir la denrée à un trop haut prix. La liberté établit donc le prix vrai contre le vendeur par l'importation, & contre l'acheteur par l'exportation.

3° Cette balance d'intérêts feroit maintenue quand même il ne fe feroit

réellement aucune exportation & aucune importation ; parce que chacun
ſauroit qu'il eſt hors d'état de faire la
loi ſur le prix, & que perſonne ne s'a-
viſe de ſpéculer d'après un abus impoſſible.

D'ailleurs n'eſt-ce pas ſe faire illuſion,
que d'imaginer qu'une pleine circulation bien établie, bien conſolidée, aura, par rapport au bled, un autre effet
que celui qu'elle produit pour les autres
denrées, dont le beſoin s'étend dans
tout le Royaume ? Elles ont un prix
ordinaire, que tout le monde connoît,
& dont perſonne ne ſe plaint. Quand ce
prix augmente, c'eſt toujours, ou preſque
toujours, parce que la récolte a été foible ; cette cauſe n'eſt ignorée de qui
que ce ſoit, & tout le monde ſent l'in-
juſtice qu'il y auroit à ſe plaindre. Le
prix ordinaire en eſt à-peu-près le même par-tout ; car il n'eſt pas juſte de
regarder comme une différence dans le
prix de la denrée, ce qu'il en coûte en
frais de voiture, en ſalaires & en bénéfices des agens du Commerce, depuis
le premier magaſin, juſqu'au lieu de la
conſommation. L'huile de Provence,
par exemple, ne coûte pas plus cher à

Paris qu'en Provence. Pour en juger, il ne faut que déduire du prix qu'elle se vend dans la Capitale, les droits, les frais, les salaires, les bénéfices, sans lesquels elle ne pourroit y être transportée. Il arriveroit infailliblement la même chose pour les grains.

Ces effets universels dans le commerce, lorsqu'il est libre, avertissent que le bled coûteroit toujours plus au centre du Royaume qu'à la circonférence, lorsque nous aurions besoin d'être secourus par l'Etranger. On sait assez que ces cas sont rares, & ils le deviendront de plus en plus par une suite naturelle de la liberté. Mais l'augmentation inévitable du prix dans le centre de la France, n'est point, comme on pourroit le croire, une objection contre l'exportation. C'est au-contraire un argument très-puissant contre ceux qui la craignent; car, par la même raison, les bleds de France seront toujours plus chers dans les lieux où s'exécutent les exportations, c'est-à-dire à la frontière extrême, que dans ceux d'où il faut les tirer pour les exporter; ce sera un obstacle très-considérable & souvent décisif contre la sortie. Supposons que le

Port de Nantes ne pût exporter des grains avec profit qu'au cas que le prix n'excédât point 22 liv. le setier ; il est évident que le bled ne pourroit sortir d'Angers, de Saumur, de Tours, de Blois, d'Orléans pour se rendre à Nantes, lorsqu'il se vendroit dans ces différentes villes 20 ou 21 liv. le setier, & même moins, parce que les transports ne se font pas gratuitement d'Orléans, de Blois, de Tours, de Saumur & d'Angers à Nantes. Et, s'il étoit arrêté dans ces différentes Villes par le prix, combien de petites Villes, de Bourgs, de Villages collatéraux seroient hors d'état de fournir à l'exportation & même à une circulation un peu éloignée ! Le bled resteroit donc dans l'intérieur & du côté du centre, par la seule raison que le vrai prix, le prix moyen de concurrence, le prix juste résultant du niveau donné par un Commerce libre & général, ne promettroit plus de bénéfice aux exportateurs, lorsqu'il seroit surchargé des frais & des bénéfices indispensables du transport.

Pendant cette stagnation apparente, les grains conserveroient leur mouvement de proche en proche , parce que d'un côté la feule efpérance de l'exportation , & de l'autre les profits d'une circulation générale, auroient multiplié les petits amas , les greniers , les magafins , en un mot tous les débouchés néceffaires aux cultivateurs & aux petits propriétaires. Il exifteroit pour les grains ce qui exifte pour toutes les autres branches de Commerce , des entrepôts de tout , & par-tout. C'eft la liberté dont jouiffent les autres marchandifes, qui entretient leur circulation , & cette circulation n'opère pas de renchériffement. La liberté feroit circuler la totalité des grains , fans les faire monter au-deffus de leur vraie valeur. Il arriveroit dans cette partie ce qui arrive dans toutes les autres ; la confommation intérieure ne laifferoit à l'exportation que ce qui feroit furabondant ; ainfi tout feroit en régle & en ordre, utile. Les frayeurs difparoîtroient auffi-bien que ce qu'on nomme *monopole* ; car c'eft principalement le défaut de circulation qui favorife les entreprifes des *Monopoleurs*. Enfin il réfulteroit immédiatement de la liberté même d'exporter , qu'on *ex-*

porteroit moins dans les bonnes années, & qu'on *importeroit plus* dans les mauvaises.

Voilà le grand effet qu'attendent de l'exportation ses partisans zélés & éclairés. Ils ne l'envisagent que comme un *moyen*, mais comme un *moyen unique* d'atteindre le *but* qu'ils désirent. Ce *but*, que leurs adversaires désirent aussi, quoiqu'ils en méconnoissent le *moyen*, est de substituer le Commerce au *monopole* dans l'intérieur ; d'établir continûment, par une circulation facile & générale, des prix toujours proportionnés à la quantité & au besoin de la denrée, & d'attiter l'Etranger par une confiance pleine & entière que ses intérêts ne seront pas trahis, lorsqu'il nous apportera des secours. Le cas du besoin réel sera toujours borné & rare en France, lorsque les grains n'y seront pas dispersés, pour ainsi dire, par petits tas qui ne sont connus que des petits Marchands *monopoleurs*, & dont ils ne connoissent même qu'une partie. Dès que le mouvement sera bien établi de proche en proche, & que par conséquent il deviendra général, le bled se montrera par-tout de lui-même, & le *monopole* n'aura plus rien à faire, parce qu'il a besoin des ténèbres qui se répandent à l'ombre des prohibitions, & qu'alors tout sera connu & à découvert.

Quant à l'exportation, considérée en elle-même & d'une manière isolée, c'est si peu de chose en comparaison du Commerce des grains dans l'intérieur; c'est même si peu de chose en soi, comme le démontrent nos premiers momens de liberté, quoiqu'ils aient été des momens d'effervescence, qu'elle égale à peine les branches les plus médiocres de notre Commerce extérieur. Qu'est-ce en effet pour la France, que cinq cents quarante-six mille setiers exportés par an, dans des années où elle éprouvoit une surabondance notoire, & où la disette se faisoit sentir dans plusieurs Etats de l'Europe * ? Mais cette foible exportation devient d'un prix inestimable sous le vrai point de vue où il faut l'envisager. Elle a été le

---

* Ceux qui supposent la production annuelle de quarante-cinq millions de setiers, verront que l'exportation n'a pas fait sortir la quatre-vingtième partie d'une de nos récoltes. Si l'on suppose de plus que la population est de dix-huit millions d'ames; que la consommation proportionnelle est d'environ deux setiers par tête; l'exportation d'une année se

véhicule

véhicule d'un commencement de circulation. La circulation eſt bien éloignée d'être générale; elle le deviendra, ſi on lui laiſſe le tems de ſe perfectionner par la liberté d'exporter, & bientôt l'exportation effective ſera nulle ou preſque nulle. Il faudroit avoir la vue bien courte pour ne pas lire dans l'avenir, que ce qui doit arriver lorſqu'un Commerce eſt ſolidement établi, ne peut reſſembler à ce qui arrive aujourd'hui que ce Commerce commence à peine à s'introduire. Il éprouve encore des ſecouſſes; mais on ne doit pas en conclure qu'elles ſubſiſteront toujours; ce ſeroit vouloir déterminer par l'accélération & l'intermittence du poulx d'un malade, l'état où ſera ſon poulx, lorſqu'il aura recouvré la ſanté. On ne peut trop le dire & le répéter : il n'y aura de Commerce de grains en France, que quand la circulation ſera devenue univerſelle par l'impulſion d'une liberté d'exporta-

---

trouvera au-deſſous de cinq jours de ſubſiſtances pour le Royaume. Enfin, de quelqu'hypothèſe qu'on parte ſur la production, la population, la conſommation, on trouvera toujours que les cinq cents quarante-ſix mille ſetiers exportés méritent à peine d'être comptés dans la ſomme des ſubſiſtances nationales.

* E

tion illimitée. Les quantités exportées
se réduiront à peu de chose ; elles se
réduiront à rien ; & les importations ne
pourront avoir lieu que dans ces cas
presqu'uniques, qui font époque dans
dans le siècle où ils arrivent. On croit
aussi devoir dire & répéter qu'une liberté partielle & susceptible d'instabilité, équivaut presque aux prohibitions,
& que les prohibitions, comme le prouve l'expérience, produisent par-tout &
nécessairement, terreur, cherté, disete,
famine & enfin toutes ces calamités
contre lesquelles les loix, l'autorité, les
richesses pécuniaires sont des remédes
impuissans.

Enfin on est intimement convaincu
qu'en méditant cette matière avec per-
sévérance & avec candeur, ceux qui
s'en sont le moins occupés verront sans
nuage que la population, la production
& la consommation étant inconnues, il
est impossible d'établir (pour assurer la
répartition des subsistances en grains)
des réglemens, sur le succès desquels
on puisse compter ; que l'Administration la plus active & la plus éclairée ne
peut connoître, même par approxima-
tion, ni le nombre de gens qui sément,

ni la quantité qu'ils fément, ni le fort
heureux ou malheureux qu'auront les
récoltes particulières, dont la réunion
conftitue la récolte générale, que, dans
cet état d'ignorance invincible, le
moyen le plus fûr de porter les hommes à femer au-delà du befoin précis,
qui n'eft connu ni par eux, ni par ceux
qui les gouvernent, c'eft de les y exci-
ter par leur propre intérêt; c'eft de les
animer par la pleine fécurité que, s'ils
manquent d'acheteurs Régnicoles, rien
ne les empêchera d'aller recevoir de
l'Etranger le remboursement de leurs
frais de culture, le falaire de leurs fueurs,
& le dédommagement des rifques qu'ils
ont courus; que quand même il ne
s'exporteroit pas un feul boiffeau de
bled, les Cultivateurs fe tiendront toujours plus près de la furabondance que
de l'infuffifance, par la feule perfuafion
que l'exportation les délivrera avec profit
d'un excédent onéreux; qu'à n'envifager
que les befoins intérieurs, & c'eft l'objet
le plus intéreffant, ils ne peuvent être
pleinement fatisfaits que par la tendance
de tout le Commerce intérieur vers l'exportation, quand même elle ne s'effectue-
roit pas, parce qu'il n'y a que cette ten-

E ij

dance qui puisse faire naître une circulation générale, & par conséquent une
communication & une répartition totale de la denrée ; que c'est *uniquement*
le défaut de circulation, occasionné par
la défense d'exporter, qui a persévéramment entretenu en France l'étonnant spectacle de Provinces appauvries
par l'abondance & le bas prix de leurs
grains, tandis que d'autres étoient épui-
sées, ruinées par le prix exorbitant que
les grains leur coûtoient ; que c'est
uniquement le défaut de circulation,
qui a plié une multitude de François à ne se nourrir que de racines, de
chataignes, de pommes de terre & d'autres alimens de nulle valeur dans le
Commerce national, tandis qu'une autre multitude nourrissoit des animaux
avec le plus beau froment que produise
l'Europe ; que si la liberté d'exporter est
le moyen unique de remédier à ces
maux, en provoquant successivement
une circulation générale, la circulation
sera un obstacle sûr à l'exportation réelle, puisque tout ce qui sera consommé
de plus, par l'effet infaillible de la circulation, sera une soustraction à ce qui
auroit pu être exporté ; que la circula-

tion générale étant bien établie, il ne
pourra plus exifter de *monopole*, & par
conféquent de ces difettes factices que
nous avons tant éprouvées au milieu de
l'abondance. Une pleine concurrence,
en mettant la totalité de la denrée en
évidence & en mouvement, ne laiffe aucune reffource aux *Monopoleurs* &
anéantit fans retour leur activité & leur
audace. Enfin le Commerce intérieur ne
peut exifter que par l'impulfion de l'exportation effectuée ou poffible ; il faut
donc exporter, ou, ce qui revient au
même, il faut avoir la liberté d'exporter, pour que tous les bleds du Royaume circulent. Et il faut qu'ils circulent,
pour que la totalité de la Nation ait habituellement des fubfiftances, & pour
qu'elle les ait toujours à leur vrai prix.

---

*Nos exportations prouvent que la circu-
lation & l'importation augmentent ou
diminuent, en raifon de la liberté plus
ou moins grande d'exporter.*

Quelque foibles que puiffent paroître
nos exportations, fur-tout à ceux qui
s'étoient imaginés qu'un quart, & peut-

E iij

être un tiers de nos récoltes, fortiroient du Royaume aux premiers momens de liberté, on pourroit dire qu'elles ont été très-fortes, puifqu'elles montent à cinq cens quarante-fix mille fetiers par an. Cette quantité n'eft rien lorfqu'on la compare à la fomme annuelle de nos grains, & ce n'eft pas ce qui eft forti qu'on doit regretter. Ce qui eft réellement affligeant, c'eft que la circulation fe foit trouvée éteinte au point que cette quantité ait pu fortir.

Les Etrangers ont beaucoup importé en France pendant les mêmes années où nous avons exporté. Le befoin exiftoit donc dans quelques parties du Royaume. Qui oferoit affirmer que tous les befoins ont été remplis? Et, s'ils ne l'ont pas été, n'eft-il pas au-moins vraifemblable qu'une circulation générale eût mis obftacle à l'exportation d'une partie des 546 mille fetiers qui font fortis de France?

On n'ignore pas qu'il pourroit fe faire quelques exportations & quelques importations, dans le tems même où la circulation intérieure feroit le mieux établie. La Franche-Comté, par exemple, pourroit gagner à alimenter la Suiffe, tandis que Marfeille trouveroit du profit à tirer fes fubfiftances de Barbarie. Mais le calcul de nos avantages dans ces cas d'exception, ne peut fe faire que quand la circulation fe fera étendue & confolidée par la liberté. Jufque-là il feroit impoffible de juger fi les exportations & les importations utiles ont gardé leur vraie proportion. Elles ont pu laiffer fubfifter le befoin & la furabondance dans beaucoup d'endroits. La Nation pourroit-elle ne pas regretter l'introduction du grain étranger, tandis qu'elle exporte & qu'elle n'a pas encore de régle fûre pour connoître fi les importations tournent réellement à fon profit ?

Cependant le tableau de nos exportations doit faire faire deux obfervations bien importantes ; l'une que le Commerce extérieur des grains a fubi des efpéces de balancemens qui annoncent un Commerce qui fe forme & qui cherche à prendre fon niveau. Quoique la liberté ait été accordée dans le tems d'une furabondance effrayante, l'exportation a eu des commencemens affez foibles. Elle a augmenté par degrés en 1765 ; elle s'eft affoiblie vers le milieu de 1766. Après avoir repris de nouvelles forces à la fin de la même année & au commencement de 1767, la diminution en a été fensible depuis le mois d'Avril jufqu'au mois d'Octobre. L'autre obfervation qu'on doit faire, eft que dans les fix derniers mois où l'exportation a fenfiblement diminué, plufieurs ports fe font trouvés fermés, d'après les difpofitions de l'Edit de 1764, & que l'importation a diminué dans le même tems. Elle fe feroit évidemment fortifiée en conféquence de l'augmentation des prix, fi cette augmentation n'eût pas donné lieu à une prohibition à la fortie. L'Etranger, toujours enhardi par la liberté, eft toujours allarmé par les prohibitions. La clôture de nos ports, déterminée par le prix du bled, monté au-deffus de 30 liv. le fetier, lui annonçoit que nous avions befoin de fecours, & qu'il avoit des bénéfices à faire. Cependant les fecours ne montèrent pas au quart de ce qu'ils étoient lorfque, gagnant moins, il trouvoit fon dédommagement dans la fécurité de pouvoir difpofer librement de fa denrée. Sous ces différens afpects nos foibles & courtes exportations ont confirmé les bons principes, & nous ont donné d'importantes leçons dont il ne dépend que de nous de profiter. Nous sommes avertis par des faits que trois années n'ont pas suffi pour établir la circulation ; que la moindre gêne arrête les importations dans les momens où elles seroient plus nécessaires pour nous, & plus profitables pour les Etrangers. Enfin le haut prix auquel les grains ont monté dans quelques Provinces, depuis que nos principaux débouchés ont été fermés, confirme de plus en plus cette maxime, que les prohibitions, loin de remédier au besoin, le rendent plus pressant par l'augmentation de prix de la denrée, & par la cessation des importations.

La liberté du Commerce des Grains est favorable aux classes laborieuses.

L'objection la plus imposante, ou, pour mieux dire, la plus séduisante qu'on ait faite contre l'exportation, est fondée sur les besoins de la plupart des artisans & de toutes les classes d'ouvriers. Il est assez vraisemblable qu'ils forment plus de la moitié des habitans du Royaume. Le pain, qui n'est que trop souvent

leur unique nourriture , eft pour tous
la partie la plus confidérable des fubfiftances. Une opération dont l'effet eft
d'augmenter, d'une manière permanente , le prix du bled , retombe donc
prefqu'en entier fur ces claffes indigen-
tes à qui le travail le plus pénible & le
plus affidu , fournit à peine le néceffaire
le plus étroitement mefuré.

S'il étoit vrai que la liberté d'exporter immolât aux propriétaires des grains,
ces claffes nombreufes , utiles & malheureufes , il faudroit , fans balancer,
renoncer à l'exportation. Mais ce que
les adverfaires de la liberté préfentent
ici comme le cri de l'humanité , n'eft,
dans les uns , qu'un preftige du préjugé,
& , dans les autres , qu'un piége de l'intérêt perfonnel. Il feroit difficile d'abu-
fer avec plus d'inhumanité qu'ils le font,
de la commifération , de ce fentiment
confervateur de tous les êtres , qui porte
l'homme à faire les plus grands facrifices
par amour pour fes femblables. Ce font
les prohibitions qui accablent l'indigence
laborieufe. C'eft, au-contraire, la liberté , l'exportation , la circulation générale que l'exportation fait naître , qui
viennent directement & immédiatement

au secours de cette multitude qui languit dans l'obscurité & le besoin. Cet effet est trop important, puisqu'il s'étend à plus de la moitié des habitans du Royaume, pour ne le pas développer. On n'aspire point à éclairer sur ses vrais intérêts, cette multitude dont on va prendre la défense ; mais elle en profitera ; & c'est la récompense la plus flatteuse que puisse tirer un Citoyen , des discussions politiques dans lesquelles il s'engage.

Le salaire du travail doit faire face à deux espéces de besoins ; la *subsistance* & *l'entretien* de celui qu'on fait travailler. S'il étoit d'usage de payer le travail avec des denrées en nature , au-lieu de le payer avec l'argent qui ne sert qu'à les représenter , il faudroit fournir à l'ouvrier une quantité de bled , dont une portion serviroit à sa subsistance , & l'autre portion à acquérir des vêtemens , des outils , &c.

Supposons que le salaire moyen de la journée d'un ouvrier soit , ou de 10 sols en argent , ou d'un boisseau de bled en nature, c'est-à-dire, que le prix habituel d'un boisseau de bled soit de 10 sols. Tant que ce prix de la denrée subsistera , un ouvrier , travaillant 280 jours chaque année , recevra en nature 280 boiſſeaux de bled , comme l'équivalent de 140 liv. en argent. Il n'aura point à ſe plaindre , parce qu'il trouvera ſa ſubſiſtance dans la conſommation d'une portion de ſon bled , & que , par la vente ou l'échange du reſte , il aura de quoi ſatisfaire à ſes autres beſoins.

Si , par une révolution quelconque , le prix habituel du bled monte à 12 ſols le boiſſeau, l'ouvrier aura pour 280 jours de travail, un ſalaire équivalent à 168 liv. en argent, c'eſt-à-dire 28 l. de plus qu'il n'avoit lorſque le prix du boiſſeau étoit de 10 ſols. Dans cette nouvelle poſition, la valeur de ce qu'il conſommera en pain ſera augmentée ; mais la conſommation ſera la même en quantité. Il aura donc, outre la ſubſiſtance accoutumée, ce que vaudra de plus la portion de ſes ſalaires en bled, conſacrée à ſon *entretien*. Voilà un profit très-évident pour l'ouvrier, & ce profit réſulteroit clairement de l'augmentation de prix de la denrée.

Il ſemble que le propriétaire ne perdroit rien à cet arrangement, mais que d'un autre côté il ne retireroit aucun profit de l'augmentation de prix , relativement à la portion de fes récoltes qu'il difpenferoit en falaires. Ceux qui favent calculer d'après les modifications que reçoivent les chofes par la pratique & par l'ufage, verront bien que le profit ne peut pas refter long-tems à l'ouvrier feul ; que bientôt il fe partagera tout naturellement entre l'ouvrier & le propriétaire. Ce partage fera très-jufte en foi, d'après la convention tacite que le falaire doit répondre à-peu-près à la *fubfiftance* & à l'*entretien* de l'ouvrier. Le prix du pain augmente, circonftance indifférente à celui qui reçoit du bled en nature ; mais le prix des autres denrées ou marchandifes n'augmente pas, ou du-moins l'augmentation ne peut être qu'un infiniment petit, parce que depuis long-tems la liberté & la concurrence les ont portées à toute leur valeur. Le propriétaire ceffera donc de donner chaque jour la totalité d'un boiffeau de bled à fon ouvrier, fans quoi la convention tacite ne feroit pas exécutée. Il lui en donnera la quantité néceffaire à fa fubfiftance, mais il retranchera une portion de ce qu'il lui donnoit autrefois pour faire face à fon entretien, parce que le bled qui n'en doit être que l'équivalent, a augmenté de prix, tandis que le prix des choses d'entretien est demeuré le même.

Ce tempérament, ce juste milieu, ne pouvant être qu'un résultat, ni l'ouvrier, ni le propriétaire ne peuvent le saisir brusquement. Mais ils le saisissent à la fin de part & d'autre ; d'où il arrive que l'ouvrier reçoit réellement un salaire proportionné à sa subsistance & à son entretien, & que le propriétaire jouit d'un accroissement de revenu. Sous ce nouveau point de vue, on pourroit croire que tout le profit de l'augmentation de prix des grains, demeure au propriétaire. Mais la dépense du revenu constitue tout le patrimoine de ceux qui ne subsistent que par le salaire de leur travail ; ce patrimoine accroît donc lorsque l'augmentation du revenu assure la continuité du travail & des salaires. L'augmentation de prix du bled est donc un avantage très-réel dont profitent & le propriétaire & l'ouvrier.

Pour mieux sentir la justesse de cette conséquence, établissons le cas inverse. Supposons qu'au-lieu d'augmenter de prix, le bled tombe d'un tiers, d'un quart au-dessous de sa valeur habituelle ;

& que cette diminution de prix devienne son état permanent. La condition tacite de fournir, en échange du travail, de quoi répondre à la *subsistance* & à l'*entretien* de l'ouvrier, seroit-elle remplie en continuant de lui donner chaque jour un boisseau de bled? Il est vrai que son sort seroit égal du côté de cet aliment; mais comment fourniroit-il à son entretien, lorsque tous les objets qui y sont relatifs auroient conservé leur valeur ordinaire, tandis que la quantité de bled, destinée à les payer, auroit perdu un tiers ou un quart de sa valeur? On sent bien que l'absolue nécessité d'un rapport entre toutes les choses susceptibles d'échange, forceroit le propriétaire à donner, en sus du boisseau de bled, toute la quantité dont l'ouvrier auroit besoin pour faire face à son entretien.

Il paroît que dans cette hypothèse, l'état de l'ouvrier resteroit le même. Mais le sort du propriétaire seroit évidemment plus désavantageux. Il ne pourroit vendre qu'une moindre quantité de bled, puisqu'il seroit dans l'indispensable nécessité d'en donner plus à ses ouvriers. Il éprouveroit une se-

conde diminution dans ſes revenus, puiſque la quantité de bled qui lui reſte-
roit, déduction faite de ce qu'il en auroit donné en ſalaire, vaudroit un tiers
ou un quart de moins qu'auparavant.
Par un contre-coup inévitable, le patrimoine des ouvriers ſeroit diminué,
ce qui entraîneroit néceſſairement, ou
la diminution des ſalaires quotidiens,
ou le défaut de continuité de travail.
On ſent bien que les propriétaires avec
des revenus diminués d'un tiers, ou d'un
quart, ſeroient dans l'impoſſibilité de
ſalarier au même prix & continûment,
le même nombre d'hommes. Auſſi le
peuple eſt-il pauvre par-tout où les denrées ſont à bas prix. Il ne jouit de quelqu'aiſance que dans les lieux où leur
valeur eſt augmentée & ſoutenue par la
facilité des débouchés.

Il eſt donc d'une évidence frappante
que l'augmentation du prix des grains
eſt favorable aux claſſes induſtrieuſes,
& que ces claſſes ont beaucoup à perdre lorſque cette denrée eſt à bas pris.
Or quel eſt l'effet des prohibitions de
Commerce, par rapport au prix des
denrées, c'eſt inconteſtablement de les
faire tomber au-deſſous de leur valeur.
La

La liberté au contraire les améne à leur prix vrai. Il étoit donc très-essentiel, pour les classes laborieuses & salariées, que l'exportation vînt à leur secours pour les tirer de l'état de langueur où les entretenoit dans plusieurs Provinces nos anciennes prohibitions. Tout, excepté le bled, y étoit à son vrai prix, & c'étoit le fruit de la liberté ; ce n'étoit donc que par le véhicule de la liberté accordée au Commerce des bleds, qu'on pouvoit y rétablir le niveau entre cette denrée & les autres, & y amener le vrai prix du travail & de l'industrie. Si, dans les premiers momens de l'exportation & d'une circulation jusqu'alors inconnues, les grains sont montés trop haut dans quelques endroits, dans mille autres, l'augmentation de prix a fait passer les habitans, de la misère à un commencement d'aisance. C'est un fluide dont la surface devient inégale par l'effet d'un ébranlement subit, mais qui reprend bientôt son niveau. Or le niveau fait disparoître le haut prix & le bas prix. La valeur juste & vraie s'établit, & les revenus augmentés de tout ce que la prohibition avoit fait disparoître, augmentent l'ai-

*　　　F

fance des claffes falariées, ou par l'augmentation des falaires, ou par la continuité du travail.

Les revenus, comme tout le monde
le fait & le voit, font annuellement
dépenfés par le plus grand nombre des
propriétaires. Au profit de qui le font-
ils, fi ce n'eft au profit de toutes les
efpéces d'ouvriers ? On ne défire d'être
riche, on ne fent qu'on l'eft, difons
plus, on ne l'eft en effet que par des ad-
ditions de jouiffances. Voilà donc un
fonds immenfe annuellement confacré
à des entreprifes, à des travaux agréables ou utiles, à des confommations ou
nouvelles, ou plus recherchées, qui n'euffent jamais eu lieu fans un accroiffement de revenus. L'effet immédiat &
continu du défir de jouir, dans ceux qui
ont les moyens de le fatisfaire, eft
d'occuper fans relâche tous les inftrumens qui conduifent aux jouiffances.
C'eft donc une fuite néceffaire de l'accroiffement du revenu, que l'occupation, non-feulement générale, mais continue des gens à falaires. Quand l'augmentation jufte & proportionnelle du prix
des grains fe fera fixée à fon terme,
on ne verra plus une multitude d'ouvriers manquer de travail pendant une

partie de l'année, & une multitude plus grande encore de femmes & d'enfans dépourvus de toute occupation, morceler entr'eux les salaires d'un chef de famille, qui suffiroient à peine à sa propre subsistance. Et combien n'en voiton pas aujourd'hui qui, faute de travail, sont devenus pour l'Etat un fardeau aussi énorme que dangereux, en se vouant à la mendicité!

La circulation générale donnera des valeurs à des productions qui n'en ont point, faute de Consommateurs.

Ceux qui connoissent le Royaume autrement que par le séjour de la Capitale, qui ne se sont même pas bornés à étudier nos richesses & nos besoins dans les villes des Provinces, mais qui ont porté sur les campagnes un peu éloignées, un esprit & un patriotisme observateurs, savent, parce qu'ils l'ont vu, qu'il y a des productions innombrables qui demeurent presque sans valeur, faute de consommateurs en état de les acheter, malgré l'excessive modicité de leur prix. Ils savent que dans beaucoup d'endroits, tantôt on laisse dépérir, tantôt on livre aux animaux, ce qui, à de très-petites diſtances, manque à des hommes qui ne demanderoient pas mieux que de les acquérir au prix de leurs ſueurs, ſi leurs ſueurs avoient un prix. Le bois, les œufs, le laitage, les petits vins qui, par le défaut de qualité, ne pouroient ſupporter des frais de tranſport, ſont des exemples de ces richeſſes qui exiſtent dans l'Etat, & que le défaut de ſalaires ſuffiſans, c'eſt-à-dire continus, anéantit preſque partout. Ces objets & beaucoup d'autres dont l'énumération ne ſeroit que trop facile, peuvent paroître petits en eux-mêmes ; ils deviendroient très-impoſans par leur réunion. S'ils étoient achetés & conſommés, il en réſulteroit de nouvelles richeſſes territoriales, qui fortifieroient la ſource des ſalaires ; & la population deviendroit plus nombreuſe, plus robuſte, plus heureuſe, parce qu'elle ſe procureroit des jouiſſances qui ſont aujourd'hui fort au-deſſus des facultés du petit peuple. Tout entreroit dans le Commerce par une utile conſommation ; ainſi les choſes communes, & par conſéquent abondantes & de peu de valeur, trouveroient des acheteurs & des conſommateurs dans des vieillards, des femmes, des enfans qui péfent maintenant fur la chofe publique, & qui contribueroient à la foulager ou plutôt à la vivifier.

La France eft vafte, féconde en productions de toute efpéce ; la Nation eft d'un caractère vif & induftrieux ; mais les productions qui furabondent dans certaines Provinces, manquent dans d'autres ; le défœuvrement & la pauvreté font répandus dans prefque toutes les campagnes. On ne peut donc fe diffimuler que le commerce & le travail, ne fe font pas généralement établis dans l'intérieur ; que les communications n'ont pas été pleinement ouvertes aux productions & aux mains laborieufes, &, fi on ofe le dire, que ce beau Royaume ne forme pas un tout régulier dont les parties puiffent s'étayer & fe fortifier réciproquement. Le Commerce des grains eft de tous les moyens de rapprochement & d'union le plus général, parce qu'il s'étend à toutes les claffes d'habitans, & que, comme on l'a dit, celle des mendians même n'en eft pas exceptée. C'eft donc de tous nos biens commerçables celui dont il eft le plus effentiel d'entretenir le mouvement & la circulation, afin que leur vrai prix

86

établi par-tout, établiſſe le vrai prix des ſalaires. C'eſt un moyen bien ſimple, mais ſûr, de donner des valeurs à mille productions condamnées juſqu'à préſent à périr ſur les lieux mêmes où elles naiſſent, parce qu'il n'y a que le travail continu & les ſalaires qui y ſont attachés, qui puiſſent procurer des acheteurs.

Fauſſeté du principe que LE BAS PRIX DE LA MAIN-D'ŒUVRE eſt utile à l'Etat.

Il ſemble qu'on n'a plus rien à faire lorſqu'on a prouvé que les prohibitions ſont ruineuſes pour ceux qui ne ſubſiſtent que par des ſalaires ; mais il eſt plus que difficile de réduire au ſilence les préjugés & les paſſions. Les thèſes contradictoires arrêtent ceux qui raiſonnent ; elles n'arrêtent ni les paſſions ni les préjugés. Après avoir objecté ſérieuſement que l'augmentation du prix du grain accableroit les claſſes laborieuſes, on a objecté auſſi ſérieuſement que ſi leurs ſalaires prenoient le niveau de l'augmentation de prix des ſubſiſtances en pain, les manufactures du Royaume ſeroient ruinées ; qu'il n'y a que le bas prix, auquel la main-d'œuvre eſt réduite, qui nous mette en état de soutenir la concurrence des manufactures étrangères. Ceux qui concilient de pareilles idées, veulent donc qu'on n'exporte point, afin que la facilité de subsister établisse à bas prix la main-d'œuvre, & que le bas prix de la main-d'œuvre nous donne l'avantage sur les autres manufacturiers dans les marchés étrangers. Ce n'est donc plus aux ouvriers qu'ils proposent de sacrifier la liberté du Commerce des grains, dans la fausse supposition qu'elle leur est préjudiciable ; c'est aux Entrepreneurs de nos manufactures, c'est à nos Marchands d'ouvrages de main-d'œuvre que ce sacrifice doit être fait.

Les manufactures du Royaume méritent certainement beaucoup d'attention. Mais si l'on n'envisage dans ce qui en sort que la portion qui se verse dans les pays étrangers, c'est un objet bien mince en comparaison du produit de l'agriculture du Royaume. C'est-là notre grande manufacture, & il faudroit être bien peu versé dans les matières d'Administration, pour ignorer que c'est cette grande manufacture qu'il importe à toutes les autres, & à toutes les classes d'habitans, d'entretenir dans l'état le plus floriffant. A peine eft-il croyable qu'on puiffe propofer d'en borner les richeffes & les progrès, pour favorifer, non la multitude (puifqu'on défire que l'ouvrier ne puiffe obtenir qu'un très-foible falaire de fon travail, par le dé-dommagement trompeur que femble lui promettre le bas prix du bled), mais pour favorifer une poignée de Manufacturiers & de Marchands qui font vendre au-dehors ce que la Nation n'a pu confom-mer, faute de befoin, ou par indigence. Car le bas prix de la main-d'œuvre eft un moyen fûr de retenir dans l'indigence la partie de la population qui eft fans comparaifon la plus nombreufe.

Pour parvenir à rendre la main-d'œu-vre moins chère, propofer d'avilir d'au-torité une denrée dont le prix ne de-vroit dépendre que du propriétaire, ou de la concurrence entre tous les pro-priétaires; perdre de vue les droits des cultivateurs, droits fondés fur leurs avances pécuniaires, fur leur travail, fur les rifques qu'ils courent; immoler tous les ouvriers du Royaume, par la fup-preffion d'une portion du jufte prix de leur main-d'œuvre, à quelques mar-chands intéreffés à tenir dans la plus étroite indigence, les inftrumens de leurs richeffes ; c'eft fe jetter dans les écarts les plus dangereux que puiffe produire l'efprit fyftématique.

L'utilité, pour l'Etat, *du bas prix de la main-d'œuvre*, eft un principe faux, ou, pour mieux dire, un principe abfurde. C'eft une efpéce de *dicton* que ceux qui fe piquent d'être éclairés, ou qui veulent le paroître, doivent abandonner aux Marchands qui le perpétuent par intérêt, & aux gens en fous-ordre qui le répétent fans en entrevoir les conféquences les plus immédiates. On fe croit en fureté en alléguant que M. Colbert n'a eu d'autre but , en défendant l'exportation des grains, que de maintenir à bas prix les fubfiftances, & par conféquent la main-d'œuvre ; qu'il a regardé le bas prix de la main-d'œuvre comme le moyen unique de faire entrer en concurrence, & d'affurer enfuite la préférence à nos manufactures fur celles des Etrangers. Cette allégation prouve qu'il eft reconnu que la prohibition d'exporter, tient les grains au-deffous de leur vrai prix, & ne prouve rien de plus. Quel étrange principe que de prétendre que l'Adminiftration a intérêt à faire perdre de leur valeur aux denrées nationales, c'eſt-à-dire, à ce qui conſtitue au-dedans & au-dehors les richeſſes de l'Etat ! D'ailleurs où a-t-on puiſé cette anecdote du miniſtère de M. Colbert ? Les prohibitions d'exporter les grains exiſtoient long-tems avant lui. Elles étoient devenues une maxime d'Adminiſtration depuis Charlemagne ; ce qui n'annonce pas que cette maxime ſe ſoit établie & fortifiée pendant des ſiécles bien lumineux. Quand même M. Colbert ne ſe fût pas occupé de perfectionner les nombreuſes Manufactures établies dans le Royaume avant lui, & d'y en introduire à grands frais de nouvelles, il y a tout à parier qu'il eût laiſſé le Commerce des grains dans l'état où il l'avoit trouvé, c'eſt-à-dire, dans l'état de prohibition. Il avoit en vue de perfectionner ce qu'on poſſédoit ; d'accréditer de nouveaux établiſſemens ; *peut-être* regardoit-il comme un bien, dans cette poſition, que le bas prix du pain ſecondât ſes vues. Il ne s'agit d'examiner ici, ni la partie hiſtorique, ni la partie politique de cette opération. Il ſuffit de dire que M. Colbert n'a rien changé à la police

des grains , & qu'il eft inconceva-
ble qu'on fe foit permis , 1° de regarder la prohibition de l'exportation
comme fon ouvrage ; 2° d'expliquer
cette opération par le vœu qu'il avoit
formé de foutenir nos Manufactures par
le bas prix de la main-d'œuvre , réfultant du bas prix des fubfiftances.

Ceux qui prennent la liberté d'ap-
puyer leurs propres idées , en les attri-
buant à des hommes fupérieurs, s'épar-
gneroient des méprifes fi groffières, s'ils
favoient que dans un Etat bien réglé ,
il ne doit y avoir, ni haut prix, ni bas
prix pour quoi que ce foit ; que le haut
ou le bas prix font des défordres, puifque tout a un prix vrai ; que le falaire
de la main-d'œuvre a un prix vrai comme toute autre chofe ; que ce prix eft
celui qui s'établit par la concurrence
libre entre ceux qui travaillent & ceux
qui donnent à travailler ; que ce feroit
tout déranger , tout détruire que d'opprimer les Propriétaires & les Cultivateurs , pour mettre les Marchands à
portée d'opprimer les Ouvriers. Il feroit
à défirer que tout le monde fentît que
la preuve la moins équivoque de la
profpérité d'un Etat fe tire du degré

proportionnel d'aifance entre les habitans. Tous doivent avoir le nécefſaire;
un grand nombre doit être dans l'aifance, peu dans la richeſſe, aucun dans
l'opulence. Cette diſtribution, qui s'é-
tabliroit d'elle-même ſans les entraves
des prohibitions, eſt incompatible avec
le projet de tenir la main-d'œuvre à bas
prix par des voies d'autorité. Car, par-
tout, & cette régle ne peut ſouffrir d'exception dans un grand Etat, par-tout
où la main-d'œuvre eſt à bas prix, la
multitude languit dans la miſère ou dans
la mendicité; peu de familles ſont dans
l'aiſance; il y a beaucoup de gens riches; & toute la Nation eſt inſultée par
le faſte de quelques gens opulens. Par-
là tout équilibre eſt rompu entre les différentes claſſes qui compoſent une grande ſociété. La main-d'œuvre eſt toujours
à bas prix dans les pays pauvres; elle
obtient des ſalaires juſtes & abondans
dans les pays riches, parce que la richeſſe s'y meſure ſur les facultés de la
totalité des habitans, & non ſur les
facultés ſurabondantes d'un petit nombre d'hommes plus heureux, ou plus
adroits que leurs compatriotes. Ce ſeroit
donc former des vœux contre la proſ-

périté de la France, que de défirer que l'Adminiſtration employât ſon autorité pour y tenir la main-d'œuvre à bas prix. Ce défir renfermeroit celui de voir la multitude dans la miſère ; & la Nation ne peut être heureuſe, riche & puiſ- ſante, lorſque le plus grand nombre de ceux qui la compoſent dépériſſent dans le beſoin & le malheur.

Il y a certainement pluſieurs millions d'ouvriers en France. Eſcamoter, par quelque moyen que ce ſoit, un ſou ſur la journée d'un ſeul million d'ouvriers, c'eſt ſupprimer pour cent mille écus par ſe- maine de conſommations en petites den- rées. Elles périſſent dans le lieu de la pro- duction lorſqu'elles n'y ſont pas conſom- mées, parce que la modicité de leur valeur ne permet pas de les tranſporter aux plus petites diſtances. L'anéantiſſe- ment de tant de richeſſes * qui ſont dans l'Etat, qui s'y renouvellent chaque an- née, parce qu'elles ſont les acceſſoires inſéparables d'autres productions qui trouvent des conſommateurs, peut-il jamais être compenſé par ce qui eſt pur

* En ſuppoſant ſeulement ſix millions d'Ou- vriers, le retranchement d'un ſou par jour, mon- teroit à près de cent millions par an.

bénéfice pour nos Marchands fur les chofes de main-d'œuvre qu'ils vendent aux
Etrangers. Et quelle idée n'auroit-on pas
de cette efpéce de fpoliation qu'on maf-
que fous le nom de *bas prix de la main-
d'œuvre*, fi l'on fongeoit qu'un fou de
plus par jour, ne fuffiroit même pas à un
grand nombre de nos compatriotes pour
leur affurer le néceffaire, pourvu que le
néceffaire étant fixé avec économie, le
fût fans inhumanité.

Les arrangemens utiles, & à ceux qui
vendent leur travail & à ceux qui l'a-
chétent, ne peuvent être l'ouvrage de
l'Adminiftration. Si ceux qui forment un
projet quelconque, perdent en donnant
à l'ouvrier le falaire qu'il demande jufte-
ment, le projet fera abandonné, & l'ouvrier, fans travail de ce côté-là, ira
chercher ailleurs des falaires fuffifans.
L'ouvrier doit être le feul juge du prix
de fon tems, comme les Entrepreneurs
de grands travaux font les feuls juges du
prix qu'ils peuvent payer fans ruiner leur
entreprife. Quand l'Adminiftration dai-
gneroit entrer dans les combinaifons
compliquées, qui font que l'ouvrier peut,
ou ne peut pas fubfifter avec une rétribution un peu plus, ou un peu moins

forte ; que l'Entrepreneur peut, ou ne peut pas se soutenir en donnant un peu plus, ou un peu moins de salaires ; il est très-évident que ses soins & sa vigilance ne pourroient s'étendre qu'à un cercle fort étroit. Ce seroit aussi infructueusement que l'Administration s'occuperoit à chercher une balance entre les denrées que fourniroit l'Agriculture aux Manufacturiers, & l'argent que les Manufactures pouroient fournir aux Agriculteurs. Les denrées & l'argent ne se doivent rien ; c'est à ceux à qui quelque chose manque, à l'aquérir. Ces échanges continuels & universels doivent être libres, parce que c'est le seul moyen de les rendre justes. La liberté amène la concurrence ; la concurrence établit le vrai prix ; & le vrai prix déclare & pour les denrées, & pour le salaire du travail, que nul n'est en droit de se plaindre.

La main-d'œuvre doit être considérée comme une marchandise, puisqu'elle s'achéte & se vend. Elle a un prix plus ou moins fort, en raison du besoin qu'on en a, & de la difficulté plus ou moins grande de se la procurer. Si d'un côté l'Ouvrier est pressé par le besoin de subsistances ; un Entrepreneur de culture, ou de tout autre établissement, est pressé par le besoin de faire marcher continûment son entreprise. Celui-ci a autant d'intérêt à acheter le travail, que l'Ouvrier a d'intérêt à le vendre. C'est du choc de ces différens intérêts, que résulte le prix de la main-d'œuvre. Il n'est réglé ni par celui qui fournit le salaire, ni par celui qui fournit le travail. C'est purement une discussion libre de part & d'autre, d'où résulte une convention que de part & d'autre on adopte librement. Dans cet état, peut-on dire qu'on achéte le travail trop cher ; l'Ouvrier peut-il dire qu'il le vend à trop bas prix ? Mais si on interpose l'autorité dans ce marché, dans cette convention, la proportion entre les choses change, & par conséquent il ne subsiste plus d'égalité entre les contractans. C'est sur les différens effets que produisent dans un même Royaume les régles établies par l'autorité, que se fixent les prix. Ils deviennent trop foibles dans beaucoup d'endroits, excessifs dans quelques autres, & ce n'est que par hazard que le vrai prix peut exister. Par-tout où les revenus sont bornés par le défaut de circulation & d'exportation

des

des produits du fol, ou des fabriques, la main-d'œuvre eft à bas prix, parce qu'il s'y trouve plus de gens qui demandent à travailler, que de gens affez riches ou affez aifés pour falarier le travail qu'on offre de faire pour eux. Dans les villes où fe raffemblent les plus riches propriétaires, où fe font de grandes opérations de finances, de grandes entreprifes de commerce, la maffe des revenus eft fi confidérable, que les Ouvriers y obtiennent des falaires, nonfeulement proportionnés, mais fupérieurs à l'accroiffement de prix qu'acquièrent les denrées par-tout où réfident beaucoup de riches Confommateurs. Si toutes nos productions jouiffoient d'un Commerce libre & facile, les revenus feroient par-tout auffi abondans qu'ils peuvent l'être, & la main-d'œuvre feroit par-tout à fon vrai prix, parce que le falaire fe méfureroit partout fur la proportion réelle & permanente, entre toute la maffe de travail & toute la maffe de revenu poffible.

Au refte, il ne faut jamais perdre de vue, que le bon marché des denrées, lorfqu'il ne réfulte que des prohibitions, entraîne néceffairement l'infuffi-

G

fance des falaires, quand même leur prix feroit rigoureufement proportionné au bas prix des fubfiftances. Cela vient de ce que le défaut de revenu empêche la continuité du travail, par l'impoffibilité de le payer fans interruption. Alors, quoique celui qui fait travailler falarie fes ouvriers en proportion des avantages réels qu'il retire de leur travail, le falaire ne correfpond qu'aux befoins des jours où le travail s'exécute; d'où il fuit que les journées de défœuvrement forcé, (& ces journées ne font que trop fréquentes,) deviennent pour l'ouvrier des tems de mifère & de fouffrance ; il faut en conclure encore que l'état de l'ouvrier devient de beaucoup meilleur, lorfque les revenus s'accroiffent par le renchériffement des denrées, quand même le falaire des journées ne feroit pas augmenté. Il gagne du moins de quoi payer fans interruption une portion de ces denrées renchéries ; au lieu que, quand le travail lui manque, il ne peut rien payer à quelque bas prix que les denrées puiffent tomber. Il ne faut pas des méditations bien profondes pour fentir que celui qui a vingt mille livres de revenu, parce qu'il recueille annuelle-

ment mille fetiers de grains qu'il vend
vingt livres le fetier, peut faire faire,
& fait faire réellement plus de travail
en tout genre, que lorfqu'il n'a que
quatorze ou quinze mille livres de revenu, parce qu'il ne peut vendre fes
grains que quatorze ou quinze livres le
fetier. Ainfi, fous quelque face qu'on en-
vifage les prohibitions de Commerce,
il eft évident qu'elles font funeftes aux
propriétaires, aux claffes laborieufes,
en un mot à tout l'Etat.

Au milieu d'un tourbillon auffi vafte,
auffi chargé de parties hétérogènes &
réfiftantes les unes aux autres, que le
font le Commerce total des productions nationales; leur circulation générale, leur exportation, les falaires va-
riés, innombrables, mais quotidiens qui
fe répandent & qui fe reverfent continuellement de la confommation à la production, il femble que l'Adminiftration n'a qu'un feul rôle qui foit digne
d'elle; c'eft de favorifer tout ce qui peut
accélérer le mouvement & dans les productions & dans le travail. Le feul
moyen qui foit dans fa main eft de maintenir la plus grande liberté entre toutes les parties auxquelles le mouvement

s'eſt communiqué. Elles ſe mettront d'elles-mêmes dans la proportion in-connue, maïs réelle, qui leur convient. Un grand Etat ne peut, ni ne doit être gouverné comme une famille où des yeux médiocres peuvent tout voir, tout compter, tout arranger en détail. Les hommes tranſcendans ne jugent que d'a-près de grands réſultats, & les réſultats ne ſont exacts que quand la liberté les donne.

ÉCLAIRCISSEMENS

Sur ce qui a été publié contre la Liberté du Commerce des Grains.

Liberté & *Sureté* font deux conditions fi effentielles à la profpérité du Commerce, qu'elles font regardées, & avec raifon, comme l'abrégé de toute la fcience de l'Adminiftration fur cette matière importante. Il n'y a point d'entreprife à laquelle on ne foit sûr d'appeller des Commerçans, en leur promettant liberté & fureté ; il n'y en a point dont on ne les éloigne, en leur annonçant des prohibitions ou des reftrictions, du trouble ou des tracafferies. Ces difpofitions font à la fois univerfelles & juftes.

Les partifans de l'exportation, qu'il feroit plus exact de nommer *les partifans de la liberté du Commerce des Grains*, ont demandé, non-feulement que ce Commerce fût libre, mais qu'il le fût fans *reftriction*. Les reftrictions mena-

G iij

cent le spéculateur le plus courageux & le plus sage, par la facilité de les appliquer à beaucoup de cas qui sont hors de leurs limites ; elles ont donc le double effet d'entamer la *liberté*, & de détruire la *sureté*. Ce n'est point par préjugé que les défenseurs de la liberté du Commerce, ont adopté ce principe fécondant en tout genre, *liberté & sureté*. Aussi n'ont-ils pas craint de se mettre à découvert en discutant cette matière sous différens rapports, & en soumettant leurs observations, leurs preuves, leurs calculs au jugement du public. Cette conduite franche leur donnoit lieu d'espérer que leurs adversaires ne déclineroient pas un tribunal si supérieur en lumières & en intégrité. Ils attendoient avec impatience qu'on leur montrât par quelle route on étoit parvenu à découvrir de deux choses l'une, ou que le Commerce des grains deviendroit florissant dès qu'il seroit interdit ou limité ; ou qu'il étoit important pour la France de l'interdire ou de le limiter, de peur qu'il ne devint florissant. Les adversaires de la liberté & de la sureté du Commerce, n'ont porté que des coups cachés ; l'adresse de leur jeu avoit besoin d'un tribunal moins nombreux que le Public.

On n'ignore point qu'ils ont tâché d'accréditer leur doctrine, & de vive voix & par écrit. On a même sous les yeux quelques Mémoires manuscrits donnés à des hommes puissans, dans l'espérance de les séduire. Mais le Public n'a point été appellé à ces mystérieuses confidences. Il y a perdu. La publication de ces Mémoires eût contribué à fixer promptement & irrévocablement les idées sur le Commerce des grains. On croit travailler pour le bien général, en invitant ceux qui ont pris la peine de les faire, à les tirer du secret auquel ils paroissent condamnés. Quand on est aussi sûr de la solidité de ses principes, que de la droiture de ses intentions, on ne cache rien à sa Patrie de ce qui peut l'éclairer sur ses vrais intérêts.

L'Auteur des *Recherches sur la Population* *, est peut-être le seul qui ait fait imprimer. Persuadé des avantages de la liberté en tout genre, il paroît

* Cet ouvrage a été imprimé in-4° chez Durand, rue S. Jacques. *Voyez la page 280 & les suiv.*

G iv

fort éloigné de voter pour la prohibition de celui des grains. Mais, par un reste d'attachement pour notre ancienne Police, il voudroit que le bled fût toujours *au meilleur marché possible* ; ce qui signifie clairement au-dessous du prix auquel il parviendroit par l'effet d'une *entière liberté*. Il ne propose spécifiquement aucune restriction ; mais il place avant tout, la nécessité du bas prix. Ainsi il se rapproche beaucoup plus des prohibitions que de la liberté. Car les prohibitions qui occasionnent la *cherté* dans certaines années, amènent aussi le *bas prix* dans d'autres ; au-lieu que la liberté, en maintenant toujours le *prix vrai*, met un obstacle invincible au *bas prix*, aussi-bien qu'à la *cherté*. Il est juste de travailler à détromper un Auteur honnête, qu'on croit dans l'erreur sur quelques articles. Son Ouvrage prouve qu'il n'est attaché à son opinion qu'autant qu'il la croit vraie & favorable au bien public. On en peut juger par les termes remarquables dans lesquels il énonce ses principes généraux.

« Le Commerce *du bled* & de *toutes*
» *les denrées de première nécessité*, doivent

» fuivre *les mêmes loix* & *les mêmes ré-*
» *volutions* que le Commerce *de toutes*
» *les autres efpéces* de denrées & de mar-
» chandifes. Il eft *certain* (& *l'expérience*
» journalière le *prouve*) que le Commerce
» & la libre exportation *de toute denrée*
» & marchandifes en rend la *production*
» & les fabriques *plus abondantes*, & en
» font *baiffer la valeur*. . . . . *La con-*
» *currence*, le grand débit, l'exporta-
» tion & le Commerce étranger font *les*
» *caufes néceffaires* de la diminution du
» prix de la main-d'œuvre, & par con-
» féquent de la valeur de la marchandife;
» *Il doit en être de même* du bled & *de*
» *toutes efpéces de grains*. Lorfque *la li-*
» *berté* accordée à ce Commerce , & *la*
» *libre* exportation en rendront *la con-*
» *fommation plus grande*, les cultivateurs
» *en augmenteront la production* ; & la
» valeur de la denrée, *bien loin d'en*
» *augmenter*, doit au-contraire *baiffer*
» d'une manière très-fenfible dans l'ef-
» pace de *quelques années*. Ce n'eft que
» *par l'expérience* qu'on pourra connoître
» en France *la vérité de cette propofi-*
» *tion*. . . , L'exemple des Anglois *fuffit*
» pour que les François ne conçoivent
» *aucune crainte à cet égard*. Il eft *impof-*

» *sible* que, les grains étant diminués de
» valeur en Angleterre, *depuis que l'ex-*
» *portation en est libre*, cette même li-
» berté les fasse *augmenter* en France ».

A quelques restrictions près, qui tomberoient même autant sur les mots que
sur les choses, tous les partisans du libre
Commerce des grains avoueroient ces
maximes. Il est certain que le prix du
grain a diminué en Angleterre, depuis
que l'exportation en a été permise.
Mais il ne faut pas perdre de vue qu'an-
térieurement il n'étoit jamais à son vrai
prix, & que ce qui nous paroît une
diminution, n'est peut-être qu'un taux
résultant de la compensation qui s'est
faite des différens prix d'une denrée que
les prohibitions rendoient trop chères
dans un lieu, tandis qu'elles étoient à
trop bon marché dans un autre. La
même chose doit arriver en France. Il
s'établira un prix de compensation entre
les différentes Provinces ; ce qui fera
diminuer la valeur du bled dans plusieurs
endroits, & sur-tout aux environs de la
Capitale, tandis que cette valeur augmentera par-tout où le défaut de mouvement tenoit habituellement les grains
à vil prix. Ce prix de compensation, ou

le vrai prix du grain dans chaque en-
droit du Royaume, fera plus fort dans
les années malheureuses ; il fera plus foible dans les années fécondes ; ainfi le
Peuple achétera le pain à différens prix ,
felon la différence des années. Mais ,
dans l'un & l'autre cas, que peut-on
défirer de plus que de payer la denrée à
fa vraie valeur ?

Quand il feroit vrai que le bonheur
d'une partie de la Nation augmente à
mefure que le prix des grains diminue ;
il ne feroit ni jufte ni humain de lui fa-
crifier l'autre partie de la Nation que la
diminution de prix rendroit malheureufe. Les propriétaires , les cultivateurs
& la multitude innombrable qu'ils font
fubfifter par le feul mouvement que reçoit le bled pour parvenir à fon vrai
prix, feroient tous dans un état de fouffrance fi le bas prix tenoit la denrée en
ftagnation ; & ce qui doit faire fentir
qu'on ne doit céder aux impulfions de
la bienfaifance, qu'autant qu'elle eft
éclairée, c'eft que le premier contre-
coup de la fouffrance des propriétaires
& des cultivateurs tomberoit fur cette
même partie du peuple pour qui on
voudroit que les fubfiftances fuffent tou-

jours & par-tout à bon marché. D'ailleurs les grains *appartiennent* aux Propriétaires & aux Cultivateurs; les Ouvriers, les voituriers, les agens de toute efpéce qu'ils falarient, *ont autant d'intérêt* à la fubfiftance achetée par le travail, que les Ouvriers attachés à d'autres travaux. Par quel renverfement d'idées & de principes établiroit-on en maxime que le *droit* des *Propriétaires* d'une denrée, & l'*intérêt* de ceux qu'ils emploient immédiatement à leur Commerce, doivent céder à l'intérêt ou à la *commodité* de quiconque produit pour *titre* le befoin de confommer? Ce *befoin*, comme on l'a déja dit, eft commun à tous les hommes, & même aux mendians. Peut-on envifager fans effroi où l'on fe rendroit par une courte férie de conféquences droites, s'il étoit admis que le befoin eft un titre fupérieur à la propriété? Que fignifieroient alors dans notre langue les mots *droit, propriété, fureté*, & même les mots *autorité* & *adminiftration?*

L'Auteur prétend que le Gouvernement doit procurer des fubfiftances au peuple *au meilleur marché poffible.* Qu'entend-il par ce terme *procurer?*

Le Gouvernement ne posséde point de grains. Il ne peut donc les *procurer* à bas prix, qu'en les achetant à leur vrai prix pour les revendre à perte; ou en forçant directement ou indirectement les propriétaires à les livrer au Peuple au-deſſous de leur valeur.

Revendre à perte toute la quantité de grain néceſſaire pour nourrir le Peuple *au meilleur marché poſſible*, c'eſt une opération qui abſorberoit ſouvent la totalité des revenus publics, & qui les ſurpaſſeroit quelquefois. De qui, & comment exigeroit-on le remplacement des fonds publics qu'on auroit ainſi détournés? Ces fonds ont une deſtination fixe & ſacrée, c'eſt-à-dire la protection, au-dedans & au-dehors du Royaume, de tous les droits de ceux qui ſont ſous la domination du Prince. Le remplacement deviendroit donc de la plus étroite néceſſité.

Forcer directement les Propriétaires, ce ſeroit ſubſtituer les actes arbitraires, deſtructifs & par conſéquent abſurdes du deſpotiſme, aux principes fondamentaux de la Monarchie Francoiſe. Le but direct de ſon gouvernement eſt de mettre obstacle à toute violence, à toute usurpation.

Les forcer *indirectement*, ce seroit masquer la violence ; mais un masque pourroit-il la légitimer ?

Au-reste, le Gouvernement ne peut influer sur le prix des subsistances que par des moyens généraux. Il peut, à l'égard des grains, en interdire le Commerce. S'il employoit ce moyen général, ils tomberoient à très-bas prix dans les bonnes années ; ce seroit venir au secours du Peuple dans les momens où il n'en auroit pas besoin. D'un autre côté ils monteroient à des prix excessifs dans les années malheureuses ; la prohibition tourneroit donc à la charge du Peuple, dans les momens où il auroit besoin d'être secouru. Le vœu de l'Auteur pour la continuité du *meilleur marché possible*, ne seroit donc point rempli par les prohibitions. L'autre moyen général que peut employer le Gouvernement, est de maintenir la pleine & entière liberté du Commerce des bleds. L'Auteur établit lui-même en principe que la liberté doit faire *baisser* le prix des grains *d'une manière très-sen-*

fible dans l'efpace de *quelques années*.
C'eſt donc en établiſſant une liberté
pleine, entière, continue, que l'Auteur
eſt d'avis que le Gouvernement *procure*
au Peuple des ſubſiſtances à bon marché. Mais comment pourroit s'établir le
bon marché dans les années fâcheuſes?
Car la liberté fait diſparoître & la *cherté*
& le *bon marché*. Elle établit par-tout
& néceſſairement le *vrai prix*. Le vrai
prix eſt, ſelon l'état réel des choſes,
ou une augmentation, ou une diminution de valeur; il y aura donc, dans
l'état de liberté comme dans celui de
prohibition, des années où le peuple
ſubira la néceſſité phyſique de ne pouvoir obtenir les grains au taux que l'Auteur nomme *bon marché*. Par quelle opération ſuppoſe-t-il qu'on *procureroit*
alors des ſubſiſtances au-deſſous de leur
vraie valeur? Le Gouvernement ache-
teroit-il pour revendre à perte? force-
roit-il les propriétaires à perdre? Renou-
velleroit-on les prohibitions de Commerce?

Plus on approfondit cette matière,
plus on ſent qu'on pourſuit la chimère
en cherchant à ſecourir le Peuple au-
delà de l'avantage attaché à la con-

tinuité du vrai prix. Le bon fens le plus ordinaire nous avertit de renoncer à un but, lorfque la Nature nous refufe les moyens de l'atteindre. Les fubfiftances du Peuple, & de qui que ce foit, ne pourroient être toujours à bon marché, qu'au cas que la quantité de culture & la quantité de récoltes en tout genre fuffent toujours les mêmes. La moindre variation fur ces articles, entraîne néceffairement des variations dans les prix. Ce n'eft donc pas d'un fyftême de Police ou d'un plan d'Adminiftration, qu'on devroit s'occuper, quand on s'obftine à vouloir que les fubfiftances foient toujours à bon marché. Ce qu'on devroit chercher, ce feroit un plan météorologique qui affurât une perpétuelle abondance, & dont les faifons ne puffent s'écarter. Tant que ce moyen n'exiftera pas, tous les hommes, dans quelqu'ordre que la Providence les ait placés, feront forcés de payer plus dans certaines années, la même quantité de grains qu'on leur livreroit dans d'autres en payant moins. L'Adminiftration la plus vigilante, la plus fcrupuleufe ne fe doit donc à elle-même, & ne doit au Peuple, que de

laiffer

laisser agir les causes physiques & morales qui maintiennent nécessairement
les subsistances à leur vrai prix. Dans
cet état de liberté les vendeurs ne sont
pas favorisés aux dépens des consommateurs, & les consommateurs ne grè-
vent pas les propriétaires. Tout est à sa
place, parce que tout subit irrésisti-
blement la loi de la proportion que les
choses ont entr'elles ; proportion fixée
par la Nature, & que les systêmes hu-
mains ne peuvent changer sans opprimer, ou celui qui vend, ou celui qui
achéte. La liberté est donc le seul ressort bienfaisant que l'Administration
puisse faire agir, parce que la liberté
peut seule établir le vrai prix des choses, & que le vrai prix doit forcer au
silence quiconque ne veut pas envahir
le bien d'autrui, soit en vendant, soit
en achetant.

Les méprises dans lesquelles on tombe sur la question du Commerce des
grains, lorsqu'elles sont involontaires,
dérivent presque toutes d'un sentiment
très-estimable en lui-même, la *commisération*. On souffre quand on a l'ame
honnête, & qu'on voit des hommes
souffrir. Mais ce sentiment si précieux

H *

à l'humanité, doit être borné dans ses effets, comme tout ce qui conftitue notre être. Ce qui eft au-delà des limites posées par la raifon & par la juftice, n'eft qu'illufion & preftige, & ceffe par conféquent d'être eftimable. On doit entendre les plaintes & les gémiffemens du peuple. Qui en doute? C'eft un devoir étroit, lorfque ces plaintes & ces gémiffemens font l'expreffion de la souffrance; on doit même les entendre avec indulgence lorfqu'ils ne font que la fuite de préjugés ou de terreurs paniques. L'ignorance, l'erreur, les paffions déchirantes entrent dans la fomme des maux, & même des plus grands maux de l'humanité. Elles ont donc des droits imprefcriptibles fur l'indulgence & la fenfibilité des ames honnêtes. Mais les plaintes, les gémiffemens, difons plus, le malheur même ne doivent pas impofer filence aux loix, à la juftice & à la raifon. Ce feroit dépofer les rênes de l'Adminiftration entre les mains du peuple, & le trahir lui-même, parce qu'il eft hors d'état de les tenir.

Qui voudroit habiter un Etat où le peuple n'auroit qu'à crier, qu'à fe plaindre, pour devenir le maître & pour faire

fléchir les principes les plus falutaires, les
régles les plus inviolables de la fociété?
Eft-ce dans la partie la plus inepte, la
plus injufte, la plus audacieufe de la
Nation, que doit réfider le pouvoir
d'adminiftrer & de gouverner? Le peuple fouffre, & cependant il ne crie
point, quand des hivers longs & ri-
goureux aggravent fa mifère en multi-
pliant fes befoins, tandis que fes falaires
font fufpendus. Il fouffre, mais il crie
lorfque les grains augmentent de valeur *. Il mérite d'être plaint dans l'une
& l'autre circonftance, & dans la dernière il eft jufte d'excufer fes cris. Mais
fi les grains ne font montés qu'à leur
vrai prix, l'humanité ne doit pas dégé-
nérer en foibleffe; le vrai prix avertit de
faire céder la fenfibilité à la raifon. Que
dans ces momens d'affliction le Souve-
rain répande fur le peuple des fecours
& des bienfaits; que les riches aident
les pauvres, rien n'eft plus conforme
aux fentimens de la nature & aux principes d'une bonne Adminiftration. C'eft
proprement une aumône, & l'expérience nous apprend que les fecours de cette

---

* On en a dit la raifon ci-deffus. *pag.* 15.

H ij

eſpéce deviennent alors plus abondans. Mais l'aumône n'eſt point un précepte d'Adminiſtration, & ne peut être preſcrite par des loix civiles. Il eſt donc plus que difficile d'attacher un ſens clair à cette maxime : *Il eſt de la bonté du Gouvernement de PROCURER au peuple ſa ſubſiſtance au meilleur marché poſſible*, à moins qu'on n'entende par-là que le Gouvernement doit prendre des meſures pour que les grains ne montent pas au-deſſus de leur vrai prix. Car, ſi l'on entendoit qu'il doit les faire vendre au-deſſous de ce taux, ce ſeroit établir en maxime que la diſtribution des richeſſes peut devenir arbitraire ; ce ſeroit en dépouiller ceux qui les ont acquiſes par des dépenſes & des travaux continus, pour les tranſporter à ceux qui n'ont partagé ni ces dépenſes, ni ces travaux. Cette opération ſeroit inconciliable & avec *la bonté du Gouvernement* & avec ſa juſtice. Tout ſe réduit donc à un ſeul point : *procurer* l'établiſſement du vrai prix des grains, & le maintenir continûment ; ou, en termes ſynonimes, laiſſer au Commerce des grains une liberté pléine, entière & continue.

Le vrai prix eſt de tous les ſecours

Pag. 288 des Recherches, &c.

le plus abondant que puiffe recevoir le peuple, parce qu'il ne fe trouveroit jamais dans ces extrêmes qui ont excité la commifération de l'Auteur. Le peuple, dit-il, *étoit plus heureux* en 1745, qu'il achetoit le bled 12 liv. le fetier de Paris, qu'en 1741 où le fetier coûtoit 37 liv. Oui, fans doute, il étoit plus heureux dans le moment précis où la denrée étoit à vil prix par l'effet des prohibitions; mais la même caufe qui lui procuroit accidentellement le vil prix, le menaçoit de lui faire fubir dans un autre moment la furcharge d'une énorme cherté. Les prohibitions mettent obftacle au vrai prix dans l'une & l'autre de ces extrêmités, & celle de la cherté devient d'autant plus accablante qu'on peut y paffer brufquement après s'être accoutumé au vil prix. Le vrai prix des grains étant d'ailleurs le moyen unique de maintenir la quantité vraie du revenu national fur l'objet le plus confidérable & le plus important de nos productions, c'eft auffi le moyen unique de mettre le peuple en état de payer le bled, malgré les variations qu'occafionne la diverfité des récoltes. C'eft ce qu'on va développer.

H iij

La sureté des moyens de subsistance, pour ceux qui travaillent, est inséparable de la prospérité du fond territorial.

Le territoire, fécondé par le travail des hommes, donne des productions, ou, ce qui est *ici* la même chose, des revenus. Ces revenus ne tournent pas en entier au profit des propriétaires du sol; ceux par qui le travail s'exécute ont un droit acquis à une portion des choses produites. Sous ce point de vue général, on peut réduire à deux classes la totalité des habitans du Royaume, & les distinguer par la nature du patrimoine auquel leur subsistance est attachée. Les uns possedent le revenu même, ou le patrimoine de propriété; les autres jouissent du salaire attaché à leur travail & à leur industrie; & ce salaire constitue une espéce de patrimoine secondaire, qu'on pourroit nommer *patrimoine de rétribution.* Les premiers sont dans un état d'indépendance, parce que la source des revenus est entre leurs mains, & qu'ils appellent librement au partage des revenus, ceux qui, par

leur travail & leur induſtrie, peuvent en
acquérir une portion. Les autres ſont
dans un état précaire, puiſqu'ils n'ont
de droit au partage des revenus qu'autant qu'ils y ont été appellés par le propriétaire.

Ce patrimoine de rétribution ou de
ſalaires, qui n'appartient à aucun, qui
appartient à tous, eſt immenſe en lui-
même, puiſque, dans tous les Etats po-
licés, il fournit à la ſubſiſtance & aux
autres beſoins des claſſes d'hommes les
plus nombreuſes. Il abſorbe preſque par-
tout la totalité des revenus. Ce que dé-
penſent les propriétaires, tantôt à l'entretien & à l'amélioration de leurs propriétés en tout genre, tantôt en moyens
de jouiſſances dans leurs beſoins réels,
d'habitude ou de caprice; tout accroît
le patrimoine de rétribution, parce
que tout eſt le fruit du travail & entraîne la diſpenſation des ſalaires. Cette
diſpenſation ne peut être arbitraire que
relativement à chaque individu ; con-
ſidérée en maſſe & comme patrimoine
de la multitude, elle n'a rien de varia-
ble & d'incertain. Il eſt impoſſible d'obtenir des revenus, & d'en jouir, ſans

H iv

falarier le travail, les foins, l'induſtrie qui entretiennent les productions & les jouiſſances. Ce patrimoine porte donc ſur une baſe auſſi ſolide que celui des propriétaires.

Quant aux effets, quoiqu'il ſe partage au haſard, & ſans aucun droit actuel & individuel de la part de ceux qui en profitent, il ſuffit à tous. Celui qui n'a rien périroit néceſſairement ſi, par ſa ſubſiſtance, il n'entroit pas en partage avec celui qui a quelque choſe. Ce partage ſeroit un vol, s'il ſe faiſoit contre le gré du propriétaire. Il deviendroit rare & borné, s'il n'étoit qu'un effet de bienfaiſance; ce ſeroit une aumône. L'ordre des choſes, les relations que la Nature établit entr'elles, ne pourroient ſubſiſter dans cet état contraint; tout dépériroit. Auſſi le patrimoine de rétribution eſt-il pris ſur celui de propriété ſans être un vol; le propriétaire le diſpenſe ſans que ce ſoit une aumône; c'eſt exactement un partage, & un partage légitime, puiſque le travail & l'induſtrie ſont les fermens qui développent les germes de la production & des jouiſſances en tout genre, & que par conſéquent ils donnent un droit à la choſe produite

qui conftitue le revenu, & d'où dé-
coulent les moyens d'en jouir.

Celui qui travaille, de quelque nature que foit fon travail, confomme
en proportion des falaires qu'il a reçus.
Par fes confommations, il reverfe les
falaires mêmes dans la fource des revenus ; le propriétaire retrouve donc
dans la reproduction annuelle, entre-
tenue & fortifiée par la confommation,
ce qu'il a diftrait des revenus, comme
difpenfateur, pour falarier le travail.
C'eft ainfi que fe renouvellent fans ceffe
les richeffes nationales, & que fe perpétue le patrimoine de propriété, qui eft
la bafe du patrimoine de rétribution.

Il eft évident que le plus grand intérêt
des claffes laborieufes eft de voir augmenter les revenus, puifqu'ils font la
fource où elles puifent le falaire de leur
travail, & par conféquent le moyen
unique de pourvoir à leur fubfiftance &
à leurs autres befoins. Attaquer les revenus par le *bon marché* des denrées,
c'eft enlever au travail tout ce que per-
droient les propriétaires par la *mévente*,
puifqu'ils ne peuvent difpenfer en falaires au-delà de ce que leur fournit le

produit de la propriété. Une récolte entière de nos bleds, qui se vendroit sur le pied de 18 liv. le setier, est un objet de 810 millions. Si la denrée tomboit à 12 liv. le setier, la récolte ne vaudroit plus que 540 millions ; les propriétaires auroient donc 270 millions de moins à répandre en salaires. Ainsi le patrimoine de rétribution se trouveroit diminué de tout ce qu'auroit perdu celui de propriété. Ce seroit ne voir qu'un seul objet, & faire un très-faux calcul, que d'imaginer que dans l'un & l'autre cas la situation des classes salariées seroit la même ; qu'elles n'auroient rien à gagner sur des salaires plus abondans, puisque le prix de la denrée y seroit proportionné, & par conséquent absorberoit l'addition de salaires que les revenus pourroient répandre. On a prouvé ci-devant * que ce raisonnement ne seroit juste qu'au cas que le bled fût l'unique denrée nécessaire aux ouvriers. Mais tout ce qui est objet de consommation pour eux étant à son vrai prix par l'effet de la liberté du Commerce, l'accroissement de salaires résultant de l'accroissement de revenus, iroit nécessairement

* *Voyez* pag. 75 & *suiv.*

au-delà de ce que coûteroit de plus la quantité de bled qu'ils confomment. Ce qui leur resteroit de plus après l'achat du bled dont ils ont besoin, leur donneroit manifestement un accroissement d'aisance pour d'autres achats qui répondent à d'autres objets de besoin. Cette aisance résulteroit, ou de ce que le salaire de leur travail seroit augmenté (augmentation juste dans beaucoup d'endroits, & pour différens genres de travail) ou de ce que leur travail seroit continu, au-lieu qu'il ne l'est pas pour une multitude d'Ouvriers.

L'augmentation de prix du bled est un juste motif d'augmenter le salaire des journées. Cette addition s'établira sûrement & promptement dès que le libre Commerce des grains aura pris un état de consistance. Comment pourroit-on en douter? Ne sait-on pas que le prix du travail des ouvriers de même genre varie d'une Province à l'autre, selon que les vivres y coûtent plus ou moins. Il y a par-tout des différences entre le salaire des journées d'été & celui des journées d'hiver. Ce n'est donc point une espérance contredite par l'expérience, que les augmentations & les variations de prix des journées. Tout conduit à penser que ce prix changeroit selon les variations qui établiroient le vrai prix du bled, & se proportionneroit à ces variations. Ces changemens sont impossibles dans l'état d'instabilité & de valeurs extrêmes en plus & en moins, qu'occasionnent les prohibitions. Le niveau ne s'établit que par la stabilité. D'ailleurs il est notoire que par - tout les gens aisés ou riches, payent les journées un peu plus que les autres; or le moyen de multiplier les gens aisés & les riches, c'est de ne pas faire tomber leurs revenus par le *bon marché* des denrées. Enfin, quand il arriveroit, contre toute apparence, que la perpétuité du vrai prix par rapport au bled, ne fît pas augmenter les salaires, les ouvriers auroient à gagner par la seule continuité de leur travail. Il y a du profit à payer sur le pied de 18 liv. deux setiers de bled, lorsqu'on est sûr de travailler 280 jours chaque année; il y a de la perte à ne les payer que sur le pied de 12 liv. lorsqu'on n'est employé que 150 jours par an, quoique dans l'un & l'autre cas les salaires fussent de 12 sols par jour. La conséquence droite de ces réflexions, est que la commisération que méritent dans leur malheur ceux qui ne subsistent que par le salaire de leur travail, doit faire désirer que la sollicitude du Gouvernement se borne à *procurer* le bled à son prix vrai, & à rejetter toutes les propositions qui tendroient à le tenir toujours *à bon marché*, parce que c'est le bon marché qui anéantit le patrimoine de rétribution appartenant à la multitude, & qui améne ces chertés énormes, quoique passagères, sur lesquelles le prix des salaires n'a pas le tems de se fixer.

D'après cette discussion, on croit qu'il suffira, pour achever de détromper l'Auteur des *Recherches*, de faire quelques observations sur des difficultés de détail que sa commisération l'a empêché d'apprécier.

L'Exportation (qu'il ne faut pas confondre avec la Liberté du Commerce des Grains) influe-t-elle sur leur prix ?

« La valeur des grains a toujours » diminué en Angleterre depuis 1689. » La France qui s'est conduite durant » le même espace de tems sur des prin-

Recherch. sur la population. pag. 281.

» cipes différens, a éprouvé la même
» révolution fur le prix des grains…

Ibid. pag. 282.

» Ce feroit tomber en contradiction
» que d'attribuer cette diminution, en
» Angleterre, à la liberté de l'exporta-
» tion… & en France, à la loi pro-
» hibitive de cette même exportation…
» Depuis 1674 jufqu'en 1763, la valeur
» du prix du bled à Londres & à Paris,
» a éprouvé une diminution A PEU PRÈS
» ÉGALE ».

RÉPONSE.

Par-tout où le libre commerce des grains s'établira après de longues prohibitions, le prix de cette denrée augmentera dans certains cantons & diminuera dans d'autres. Paris & Londres ne produifent point de bleds; ils y font apportés de divers endroits; les prix qui s'y établiffent ne font que des prix de compenfation, d'où l'on ne peut conclure ni augmentation ni diminution abfolue. Cet élément n'a donc rien qui puiffe indiquer la vraie caufe d'une révolution fur le prix des grains.

Que ce prix ait augmenté ou diminué, c'eft une circonftance à laquelle on ne doit pas s'arrêter. Mais ce qui mérite l'examen le plus scrupuleux, c'est la nature du prix qui s'est établi. Est-ce le vrai prix ? La valeur de la denrée est-elle au-dessus, ou au-dessous de ce qu'elle devroit être ? Voilà ce qui doit fixer l'attention des politiques. Le prix vrai, on l'a démontré, ne peut exister nulle part sans une liberté entière, parce qu'il n'y a qu'une entière liberté qui puisse appeller tous les concurrens dont une branche de Commerce est suscep-tible. S'ils ne sont pas tous appellés, il est impossible de déterminer à quel prix ils se fussent arrêtés dans la vente de leur denrée. Le Commerce des grains n'est pas entièrement libre en Angle-terre, & ce qui lui manque de liberté y produit de funestes effets * : le prix vrai n'existe donc pas à Londres, & ne peut y exister. A l'égard de Paris, on sait assez que jusqu'en 1764 on n'y a connu d'autre prix que ceux qu'établissoient ou le découragement des Cultivateurs, ou la peur plus ou moins violente parmi les consommateurs. On peut donc assu-

---

* Voyez les *Faits qui ont influé sur la cherté des Grains.* pag. 28 & suiv.

rer que le vrai prix n'y a jamais exifté un feul inftant.

Dans cet état de contrainte, tout ce qu'on peut faire, d'après la Table des prix de Paris & de Londres, c'eft d'obferver depuis 1674, jufqu'en 1763, jufqu'à quel point une portion de liberté en Angleterre a influé fur la valeur des grains, & de comparer ce degré d'influence avec celle qu'ont eue parmi nous des prohibitions totales & continues. S'il y avoit diminution de part & d'autre, & qu'elle fut égale ou proportionnelle, on pourroit, toute révoltante qu'elle eft, rifquer cette conféquence, que la liberté & les prohitions n'influent en rien fur ce Commerce.

Mais fi, la diminution de prix exiftant de part & d'autre, leur ancienne proportion ne s'étoit pas foutenue, il faudroit en conclure que la liberté & les prohibitions ont eu une influence réelle fur les prix. Il faudroit examiner enfuite de quel côté fe trouve une moindre diminution dans la valeur habituelle, & en conclure que c'eft de ce côté-là qu'on s'eft le plus rapproché du vrai prix, puifqu'il n'y a qu'une grande

concurrence

concurrence d'Acheteurs qui puisse produire le double effet de soutenir les valeurs, & d'établir le vrai prix. Une foible concurrence fait toujours tomber
les prix; personne n'oseroit le contester.

La Table * que l'Auteur a dressée
pour prouver que la diminution des
prix en France & en Angleterre, ne
doit être attribuée ni à l'exportation ni
aux prohibitions, établit clairement la
preuve contraire. Pour en juger il est
nécessaire d'avoir sous les yeux un *Sommaire de la Table* dont il s'agit. La comparaison des prix sera d'autant plus ai-
sée qu'on a réduit la mesure Angloise
au setier de Paris, & la valeur des grains
en monnoie de France.

On voit par ce *Sommaire* que dans le
cours de 40 années, qui ont commencé
en 1674, le prix des grains, à peu de
chose près, a été le même en France
& en Angleterre. La différence du prix
commun de chaque Nation, pendant
ce long intervalle, n'est que de 14 sols
5 deniers de plus par setier, du côté de
l'Angleterre; & il a même été plus cher

---

* Voyez cette Table pag. 293 & suiv. des *Rech.*
sur la popul.

* I

parmi nous de 19 fols par fetier pendant les dix années de 1684 à 1694.
Mais dans les quarante années fuivantes où la diminution de prix a été frappante de part & d'autre, elle a été infiniment plus grande du côté de la
France. Les bleds Anglois fe font per-
févéramment foutenus à près d'un écu
par fetier au-deffus des nôtres ; & la différence précife du prix commun , pendant ces quarante années , eft de trois
livres fept deniers.

Niera-t-on que par cette différence
les Anglois fe foient maintenus plus
près que nous du prix vrai des grains?
Dira-t-on que notre prix commun ,
quoique plus foible , peut être regardé comme un prix vrai, puifque la
valeur des grains a peu varié pendant
ces quarante années ? Ce doute va être
diffipé par la comparaifon de quelques
articles de détail qu'on peut voir dans la
table de l'Auteur. Pour éviter toute chi-
cane, on les a pris dans les quarante
années écoulées depuis 1714. On auroit
eu beaucoup plus d'avantage à les prendre dans les années précédentes.

Le bled nous coûtoit 38 liv. le fetiér
en 1714 , & par conféquent plus du dou-

SOMMAIRE

DE LA TABLE du prix commun des Fromens,
à Paris & à Londres,

depuis l'année 1674, jusqu'en 1754.

Le setier de bled, mesure de Paris,
pesant 240 livres, a valu :

	à Paris.	à Londres	différence.
de 1674 à 1684	26 l. 9 s. 3 d.	28 l. 11 s. 6 d.	2 l. 2 s. 3 d.
de 1684 à 1694	23..19....0.....	23....0....0.....	0..19....0.
de 1694 à 1704	29....8....7....	29....9....0.....	0....0....5.
de 1704 à 1714	25....6....5....	27....0....4....	1..13....4.
	105....3....3....	108....0..10....	
prix commun..........	26....5..10....	27....0....3....	0..14....5.
de 1714 à 1724	18....2....8....	22..16....9.....	4..14....1.
de 1724 à 1734	19..17....7....	22....8....6....	2..10..11.
de 1734 à 1744	18..17..10....	21..11....4....	2..13....6.
de 1744 à 1754	17..10....5....	19..14....0....	2....3....7.
	74....8....6....	86..10....7....	
prix commun..........	18..12....1....	21..12....8....	3....0....7.

ble de notre prix commun, qui eſt 18 l.
12 ſols 1 denier le ſetier. Il ne coûtoit en
Angleterre que 28 liv. 6 ſols 3 deniers ;
c'eſt un peu moins d'un tiers en ſus de
21 liv. 12 ſols 8 deniers, prix commun
des Anglois. Notre bled, dans les années fécondes, eſt tombé pluſieurs fois
à 11 livres 15 ſols, à 12, à 13, à 14
livres ; c'eſt-à-dire, à plus d'un tiers,
à près d'un quart au-deſſous de notre
prix commun ; on compte juſqu'à neuf
années, ce qui fait preſque le quart de
la période de quarante ans, où il s'eſt
vendu 12 liv. & au-deſſous, par conſéquent à moins des deux tiers de ſa valeur ordinaire. En Angleterre, il n'a
été que pendant deux années aux deux
tiers du prix commun, ce qui ne fait que
la vingtième partie de la même période,
& il s'eſt preſque toujours ſoutenu pendant vingt années, à 20 & à 21 livres,
& par conſéquent, à très-peu de choſe
près, au taux commun. Il eſt bon
d'ajouter que le prix moyen fixe de
Londres eſt, comme l'on ſait, de 22 à
23 livres le ſetier de Paris.

Les conſéquences de ces faits ſe pré-
ſentent d'elles-mêmes. C'eſt le propre de
la liberté de Commerce que d'établir &

I ij

de maintenir le prix vrai. Outre cet heureux effet de la concurrence, elle empêche la denrée de s'élever au-deſſus,
ou de deſcendre au-deſſous du prix
commun, d'une maniere trop marquée.
Auſſi voit-on que les variations ſont
plus rares & plus foibles en Angleterre ;
au-lieu qu'en France elles ſont fréquentes & fortes ; ce ſont des eſpéces de
convulſions. Cette différence vient de
ce que les Anglois jouiſſent depuis long-
tems d'une portion de liberté, tandis
que les François ont été aſſujettis à des
prohibitions abſolues. En conſéquence
nous nous ſommes trouvés alternativement au-deſſus ou au-deſſous, mais toujours à des diſtances plus ou moins éloignées du prix vrai qu'écartoit le défaut
de liberté ; tandis que les Anglois ſe ſont
perſévéramment tenus aſſez près du prix
vrai, par l'effet de la portion de liberté
dont ils ont joui. Si la liberté eût été
pleine & entière parmi eux, ils auroient
eu perſévéramment des prix exactement
vrais, au-lieu de ſimples approximations
de ces prix.

L'Auteur des *Recherches* s'eſt trompé
en ſuppoſant que *le prix du bled à Londres & à Paris a éprouvé une diminution*

égale. Il s'est auſſi trompé en concluant de cette ſuppoſition que la liberté & les prohibitions n'ont point influé ſur cette révolution. Il a fourni lui-même la preuve de l'inégalité de diminution quoiqu'il y en ait eu de part & d'autre. Avant la diminution, les prix étoient à peu près les mêmes à Paris & à Londres; depuis la diminution, le prix des Anglois eſt perſévéramment ſupérieur au nôtre d'environ 3 liv. par ſetier. Tout eſt égal entr'eux & nous, à l'article près de l'exportation dont ils ont joui, & dont nous avons été privés; cette portion de liberté & nos prohibitions ont donc influé ſur la différence qui ſe remarque entre la diminution qu'il y a eu en France & en Angleterre. La liberté a rapproché les Anglois du vrai prix & les a empêchés de s'en éloigner avec excès, ſoit dans les bonnes, ſoit dans les mauvaiſes années. Les prohibitions nous ont tenus dans la poſition contraire. L'influence, & de la liberté & des prohibitions ſur les prix, eſt donc frappante, & elle eſt toute au déſavantage du ſyſtême des prohibitions.

Quel doit être le plus haut prix du bled ?

Rech. fur la pop. pag. 284.
« Les propriétaires ..... ont efpéré » que l'exportation foutiendroit le prix » du bled à ce qu'ils appellent une *va-* » *leur raifonnable*, que quelques Au- » teurs fixent de 22 à 24 liv. le fetier.... » On voit même que le Gouvernement

Ibid. pag. 285.
» n'a défendu l'exportation que lorfque » la valeur du fetier feroit à 30 liv... En » 1752 le prix du bled n'a monté qu'à » 24 liv. 15 fols ; & à ce prix il n'y a pas » de cherté... Mais, fi l'on calcule fur » les 37 liv., prix du fetier en 1741, on » fera effrayé de la mifère que le peuple » a éprouvée dans cette malheureufe an- » née ».

RÉPONSE.

Soutenir le bled à une *valeur raifon-nable*, eft une expreffion inintelligible, & fur laquelle il feroit impoffible de mettre d'accord les vendeurs & les con-fommateurs. Prétendre que le bled doit fe foutenir de 22 à 24 liv. ; qu'*il n'y a pas cherté* lorfqu'il n'eft qu'à 24 liv. 15 f.

le fetier; c'eft établir en maxime des con-
jectures qui ne portent fur aucun fondement. Le vrai prix du bled, celui où
il fe fixeroit chaque année dans le cas
d'une circulation & d'une concurrence
générale, eft abfolument ignoré. Peut-
être feroit-il au-deffous de 22 liv.;
peut-être monteroit-il à 24 ou à 25. A
quelque point qu'il s'arrête dans un état
de liberté, ce point fera certainement
le réfultat exact de la proportion réelle
entre la quantité & le befoin. Ni le befoin, ni la quantité, ni par conféquent
le vrai prix, ne peuvent être connus fans
le mouvement qu'imprime la circulation
à la denrée, & fans une concurrence illimitée de vendeurs & d'acheteurs. Si
ces deux agens euffent exifté en 1741,
le bled n'eût certainement pas coûté
37 liv. le fetier en France; non-feulement parce que tout le bled de l'intérieur fe fut mis en mouvement, & que
par conféquent la quantité mife en vente
eût été plus grande; mais encore parce
que ce mouvement fe fût néceffairement
établi quand même les propriétaires euffent voulu l'arrêter. Le bled, dans la
même année, ne coûtoit à Londres
que 25 liv. 5 f. 3 den. le fetier de Paris.

I iv

Il se seroit donc vendu avec profit en France fort au dessous de 37 liv. Il se seroit formé un prix vrai, mesuré sur la quantité des bleds Anglois & des bleds François, comparés à la consommation ou au besoin des deux Nations. La misère qu'eprouva le peuple alors étoit donc un mal factice; & ce mal résultoit de la distance où nos prohibitions nous tenoient du prix vrai.

Au-reste le prix absolument vrai n'existe nulle part en Europe, & il n'y existera jamais tant qu'il y aura des pays où la liberté de Commerce ne sera pas entière. Ce qu'on peut regarder comme le prix vrai actuel de quelques Nations, changeroit & seroit moindre s'il n'y avoit de prohibitions nulle part, parce que l'universalité de la denrée seroit en vente. Jusque là, tout ce qu'on peut faire, c'est d'établir & de maintenir la liberté chez soi; & d'après cette liberté locale on pourra dire que dans l'état actuel des choses, avec le nombre de Nations concurrentes & non-concurrentes qui sont dans l'Europe, le seul vrai prix *possible* est à tel taux. Ce prix changeroit nécessairement à mesure que des Nations indépendantes entreroient

dans la concurrence ; & chaque chan-
gement raprocheroit du prix abfolument
vrai que perfonne ne connoît, ni ne
peut connoître aujourd'hui. C'eſt ſe
fatiguer ſur des calculs & des conjec-
tures ſtériles que de chercher ſi 18,
22 ou 24 liv. ſont des *valeurs raiſonna-
bles.* Il n'y a de prix *raiſonnable* que celui qu'il eſt impoſſible aux vendeurs
d'augmenter, & aux acheteurs de diminuer. Quand on eſt ſûr que les ventes & les achats ſe font à ce prix, il
eſt puérile de laiſſer vaguer ſes déſirs au-
au-delà ou en-deçà. Le peuple peut
ſouffrir ; il peut être à plaindre ; c'eſt
ce qui lui arrive auſſi dans les tems d'é-
pidémie, où perſonne ne s'aviſe de mur-
murer, ou contre la Providence, ou
contre le Gouvernement. La puiſſance
des Rois, toutes les richeſſes nationales ne peuvent *procurer* au peuple des
ſubſiſtances qui n'exiſtent pas.

---

*Le Peuple travaille-t-il plus & gagne-t-il
plus dans les années d'abondance de
Grains que dans les années de cherté ?*

« Le lecteur peut obſerver par le ^{Rech. ſur}
» réſultat des Manufactures de Rouen, 288. ^{la pop. pag.}

» que les années où le bled a été à
» meilleur marché, ont été celles où il
» s'est fabriqué le plus d'étoffes... Le
» peuple ayant été plus occupé dans les
» années d'abondance que dans les an-
» nées de cherté, il en résulte la DÉ-
» MONSTRATION INCONTESTABLE ...
» que le peuple, dans les années d'abon-
» dance, est en état de consommer da-
» vantage, de se mieux vêtir, & de se
» procurer les aisances & les commo-
» dités de la vie, & par conséquent,
» qu'il est moins malheureux ».

R É P O N S E.

Personne ne conteste que celui qui
se trouve en état de payer ce dont il
a besoin, n'ait un avantage personnel
à obtenir les choses à bon marché. Mais
le bon marché qui sert l'acheteur, est
évidemment un désavantage pour le
vendeur. Ils ne peuvent trouver tous
deux du profit dans cette opération.
Il en résulte que ceux qui n'ont de
moyen de payer qu'autant que le vendeur le leur fournit, ne peuvent que perdre à la diminution des facultés de celui
de qui ils achètent. Il doit même arriver

que fi le *bon marché* étoit porté au point
de mettre en péril la fortune du vendeur, il prendroit le parti d'attendre
des momens plus favorables pour vendre. Il cefferoit donc d'être en état
de fournir à l'acheteur de quoi payer.
Alors, à quoi ferviroit à ce dernier le
bon marché de la denrée? Il feroit privé
de tout moyen d'en profiter. Ne feroit-
il pas infiniment *moins malheureux* fi,
la denrée étant plus chère, il recevoit
du vendeur de quoi la payer?

L'erreur où eft tombé l'Auteur des
Recherches vient de ce qu'il confond
toujours les mots de *difette* & de *cherté*.
On convient que le peuple fouffre dans
les années foibles qui occafionnent la
cherté, & qu'il fouffre beaucoup plus
dans les mauvaifes années qui occafionnent des difettes. Tout ce qu'on prétend,
c'eft que, le Commerce des grains étant
libre, le peuple fouffrira moins dans les
tems fâcheux, & que dans les années fécondes, le Propriétaire fera moins ac-
cablé. Dans l'un & l'autre cas le fardeau
général, ou de la cherté, ou du bas
prix, fera plus partagé, & par conféquent moins pefant. Il exiftera des revenus, du travail, des falaires.

L'Auteur dira-t-il qu'il n'entend point par *bon marché*, un taux ruineux pour les Propriétaires ? Ce feroit retomber dans l'indétermination de ces *valeurs raifonnables* qu'affurément perfonne ne connoît, & qui ne préfentent d'idée fixe à qui que ce foit. La *valeur raifonnable*, comme on l'a déja dit, ne peut fe rencontrer que dans le *vrai prix* ; or le vrai prix, qui n'eft ni furtaux, ni mévente pour le vendeur, n'eft ni cherté, ni bon marché pour l'acheteur.

Il y a plus que de l'exagération à produire le réfultat des Manufactures de la Généralité de Rouen comme une *démonftration inconteftable* de l'étrange paradoxe qu'avance l'Auteur. On peut en juger par la table qu'on joint ici. Elle eft extraite de celle qu'il a fait imprimer. On y verra :

1° Que, dans les années où le bled n'étoit qu'à 6 liv. *la mine* * de Rouen, c'eft-à-dire, au plus bas prix, on a beaucoup moins fabriqué à Elbeuf que dans les années où il étoit à 10 & à 15 livres. Ce dernier prix eft le plus fort de toutes les années que l'Auteur donne pour

---

* La *mine* de bled à Rouen, péfe 140 livres.

exemple. Il répond à 27 liv. le fetier
de Paris.

2° Que, dans des années où le prix
du grain étoit égal, il y a une très-
grande différence dans les quantités fabriquées ; qu'il eſt même arrivé qu'en
1760, quoique le bled fût à meilleur
marché qu'en 1751, on fabriqua 1472
balles de laine de moins. D'où il faut
conclure que le prix des grains n'influe
pas directement & néceſſairement ſur
le plus ou le moins de fabrication.

Enfin ; pour détromper l'Auteur ſur
les conſéquences qu'il a cru pouvoir
tirer de la comparaiſon du prix des
grains avec la quantité de laine fabri-
quée à Elbeuf, on va lui citer un fait
ſur l'exactitude duquel il peut compter. On fabrique à Châlons en Cham-
pagne de petites étoffes de laine connues ſous le nom de *ſerges de Châlons*.
Cette branche de fabrication, qui com-
mençoit à languir, a pris tout-à-coup
une faveur ſi grande, que depuis un
an il n'en reſte pas une ſeule piéce
dans les magaſins. Elles ſont preſque toutes achetées d'avance ſur les
métiers. En recherchant la cauſe de

cette révolution, on s'est assuré que l'augmentation de fabrication & de débit venoit de ce que les ouvriers de la campagne, vêtus de toile pendant le tems des prohibitions du Commerce des grains, achetoient des habits de laine depuis que l'exportation étoit permise. On ne dira pas, sans doute, que le prix des grains ait diminué pendant les trois années qu'ont duré nos exportations ; il faut donc conclure de ce fait, que le *bon marché* du bled n'est pas à désirer pour le peuple, puisque ses occupations, & par conséquent la somme de ses salaires & de son aisance, augmentent à mesure que la liberté rapproche la denrée de son vrai prix.

Au-reste cet exemple est plus décisif que celui des draps d'Elbeuf qu'objecte l'Auteur des *Recherches*. C'est exactement la partie de la Nation qu'on nomme *peuple*, qui consomme les serges de Châlons, au-lieu que les draps d'Elbeuf ne conviennent qu'à ceux qui jouissent de quelqu'aisance. A l'égard des autres étoffes fabriquées dans la Généralité de Rouen, il s'en exporte une très-grande quantité. Les opérations du Commerce extérieur in-

PREMIER EXTRAIT

DES TABLES du Livre des Recherches sur la population , *pag.* 305.

Quantité des balles de laines fabriquées lorsque le bled se vendoit 6 liv. 12 sols la mine de Rouen, pesant 140 livres , ce qui répond à 11 liv. 6 sols, le setier de Paris.

Années.	Nombre des bal- les de laine.	Prix de la mine de bled, mesure de Rouen.
1744.	4753.	6l....11f....9d.
1745.	4477.	6.....13....9.

Quantités fabriquées lorsque le bled coûtoit 17 liv. 18 sols & même 27 l. le setier de Paris.

1748.	5137.	10l.......7f....6d.
1749.	5830.	10.....12.....6.
1750.	6127.	10.......7.....6.
1757.	5307.	15.....15.....0.

Quantités fabriquées dans des années diffé- rentes où le bled se vendoit le même prix.

{ 1749.	5830.	10l....12f...6d.
{ 1754.	4393.	10.....10....0.
{ 1751.	4842.	12.....10.....0.
{ 1758.	4008.	12.....15.....0.
{ 1760.	3370.	12.......1.....3.

fluent donc plus que le prix des grains
sur le degré d'activité de ces fabriques.
Au-reste la paix ou la guerre ; la concurrence plus ou moins forte de nos
voisins dans les marchés étrangers ; la
disette & la cherté des laines, des lins,
des cotons ; des malheurs arrivés à de
fortes maisons de Fabriquans ; le chan-
gement de goût dans les consommateurs ; de longs deuils au-dedans & au-
dehors du Royaume ; enfin une multitude de causes publiques ou particulières agissent continuellement sur les
Manufactures. C'est donc s'abuser que
de regarder la variation dans le prix
des grains comme la cause unique ou
prépondérante de leur prospérité, ou de
leur décadence. Ce prix est à la vérité
une des causes de ces effets ; mais cette
cause particulière agit certainement dans
un sens opposé à celui que l'Auteur a
exclusivement adopté. Le *bon marché*
des grains est une calamité publique,
leur *bon prix* est un état avantageux,
& la continuité de leur *vrai prix* seroit
une source féconde de prospérité ; or,
comme les bons & les mauvais succès
des fabriques dépendent principalement
du degré d'emploi que leur donnent les

confommateurs régnicoles, il eft évident qu'elles doivent profpérer en proportion que l'Etat profpère, & qu'elles ont tout à craindre, tout à perdre quand l'Etat languit, faute de valeur dans la plus importante de fes productions. Le peuple n'a pour tout bien que fes forces phyfiques & fon induftrie; ce bien n'eft un moyen de fubfifter que par les fâlaires attachés au travail. Il eft donc phyfiquement impoffible que le peuple foit plus *en état de confommer, de fe vêtir, & de fe procurer des aifances & des commodités*, lorfque les revenus de ceux qui falarient diminuent, que lorfque ces revenus augmentant mettent une multitude de gens à portée de mieux falarier & pendant plus de tems.

Les maladies font-elles moins communes & la mortalité eft-elle moins grande, lorfque le bled eft au meilleur marché poffible?

Rech. fur la populat. pag. 291. « On a *prouvé* que le *bon marché du* bled... procuroit une plus grande occupation au peuple... Il eft aifé de *démontrer* aux riches qu'ils font auffi intéreffés que les pauvres au *meilleur marché*

» *marché* du bled... On s'eſt procuré la
» *preuve* que les années où le bled a été
» *le plus cher*, ont été celles où la mor-
» talité a été la plus grande, & les ma-
» ladies les plus communes ; & que celles
» où le bled a été *à meilleur marché* ont
» été les plus ſaines & les moins mor-
» telles... Il eſt impoſſible que les ma-
» ladies du peuple ne ſe communiquent
» aux bourgeois , aux gens aiſés , & par
» gradation aux gens riches... Tous les
» hommes, de quelqu'état qu'ils puiſ-
» ſent être , ſont donc *tous* intéreſſés à
» ſe procurer *au meilleur marché poſſi-*
» *ble*, la denrée de première néceſſité ».

RÉPONSE.

Cette obſervation , comme la précé-
dente , n'eſt qu'un parallogiſme. L'Auteur ſeroit ſurement fort embarraſſe ſi
on lui demandoit ce qu'il entend par
ces mots, *le meilleur marché poſſible.* Son
embarras augmenteroit encore ſi on lui
propoſoit de déterminer le prix permanent auquel il faudroit que le bled ſe
vendît pour aſſurer à la fois & d'une
manière conſtance, du travail, de l'aiſance, des commodités au peuple, &

*

K

le *prolongement d'une vie à l'abri des in-firmités* à toute la Nation. C'eſt cependant ce qu'il promet à la fin de ſes *ré-flexions ſur la valeur du bled*, pourvu qu'on le *procure* aux conſommateurs, *au meilleur marché poſſible.*

Il préſente comme le fondement de ſa prétendue *démonſtration*, des tables qu'il a dreſſées ſur les liſtes du nombre des morts, qui s'impriment à Paris & à Londres; ſur le relevé des regiſtres des Hôpitaux de Paris, de Lyon, de Rouen; & ſur le relevé des regiſtres mortuaires de chaque Paroiſſe de la ville de Clermont-Ferrand.

Si ces tables établiſſoient en effet la démonſtration dont l'Auteur auroit beſoin pour accréditer ſon opinion, ſur la néceſſité du meilleur marché poſſible, on écarteroit ſuffiſamment les conſéquences qu'il voudroit en tirer, en diſant que les regiſtres mortuaires des Villes ne prouvent que pour ou contre les Villes; qu'il y régne des maladies dont la malignité augmente ou diminue ſelon que les Villes ſont plus ou moins grandes, plus ou moins peuplées; que les mêmes cauſes y agiſſent & doivent même y agir différemment que par-tout ailleurs ; que le nombre des Habitans y eſt ſujet à des variations fréquentes & marquées en plus & en moins , réſultant de différentes cauſes ; que par conſéquent les mortalités plus ou moins grandes , tenant à une multitude de faits dépendans ou indépendans les uns des autres , il ſeroit contraire au régles les plus communes du raiſonnement , de rapporter ces variations à une cauſe unique , telle que le bon marché ou la cherté des grains.

Mais les tables mêmes de l'Auteur fourniſſent un moyen direct d'attaquer ſa démonſtration , ou plutôt d'établir une démonſtration contraire. Si le prix des grains étoit la cauſe principale & preſqu'unique d'un plus grand nombre de maladies & de morts , pourquoi la mortalité auroit-elle été de beaucoup moins grande à Paris , pendant l'année 1741 , où le bled coûtoit 37 liv. le ſetier , que pendant l'année 1740 , où il ne coûtoit que 25 liv. 12 ſ. 6 deniers. La différence entre ces deux prix eſt énorme ? Pourquoi dans des années où la valeur des grains étoit égale & à très-bas prix , comme les années 1735 & 1743 , eſt-il mort beaucoup plus de

K ij

perfonnes dans l'une que dans l'autre ? Pourquoi le nombre des morts fut-il le même en 1726, 1727 & 1743, quoique le fetier de bled coûtât 29 liv… 6 den. dans la première de ces années, 19 liv. 1 f. 3 den. dans la feconde , & qu'il fut tombé à 12 liv. 16 f. 3 den. dans la troifiéme ? Quelle difproportion entre ces deux prix 29 liv. & 12 liv. ! Ces contradictions avec le fyftême de l'Auteur des *Recherches* , font fi frappantes , que fi les conféquences précipitées étoient excufables dans des matières fi férieufes , on pourroit être tenté d'en conclure que la cherté ou le bas prix des grains n'ont aucune influence fur les infirmités & fur la durée de la vie des hommes. Mais on fe gardera bien de fe fabriquer un principe abfolu, d'après des obfervations fi peu nombreufes , & d'ailleurs fi peu concluantes en elles-mêmes.

Le bas prix ou le haut prix des grains ne font point en foi des caufes ; ce font de fimples effets. Ces effets ont euxmêmes plufieurs caufes qui , réunies ou féparées, peuvent agir immédiatement fur le corps humain , & le rendre fain ou infirme. Malgré le penchant des

SECOND EXTRAIT

Des Tables du Livre des Recherches
fur la population, *pag.* 309.

Mortalité moindre dans une année
d'exceffive cherté, que dans une autre
où le bled n'étoit qu'un peu cher.

Années.	*Nombre des morts à Paris.*	*Prix du fetier de bled à Paris.*
1740.	25,284.	25 l....12 f....6 d.
1741.	23,574.	37.......0.....0.

Mortalité beaucoup plus grande dans
une année que dans une autre, quoique
le bled fût au même prix.

1735.	16,196.	12 l....16 f....3 d.
1743.	19,033.	12.....16.....3.

Mortalité égale dans des années où
la différence de prix des grains étoit
énorme.

1726.	19,022.	29 l......0 f...6 d.
1727.	19,100.	19.......1.....3.
1743.	19,033.	12.....16.....3.

hommes à généralifer tout ce qui convient à leurs opinions, on doit voir, par la comparaifon qu'on vient de faire de quelques articles des tables de l'Auteur, que *toutes* les caufes extérieures qui rendent nos moiffons plus ou moins abondantes, n'agiffent pas fur nos corps, puifque le nombre des maladies & des morts ne fuit pas toujours le degré d'abondance ou de difette de grains. D'un autre côté on ne peut fe diffimuler que l'action des faifons ne s'étende quelquefois, peut-être même fouvent, & aux hommes & aux végétaux. Les longues féchereffes, les pluies perfévérantes occafionnent des maladies, des épidémies, tandis qu'elles ruinent les moiffons. Il ne feroit donc pas étonnant que les mortalités fuffent plus grandes dans les mêmes années où les récoltes feroient foibles. Ce ne feroient ni la foibleffe des récoltes, ni le haut prix des grains, qui en eft la fuite fous une legiflation prohibitive, qui cauferoient les mortalités; mais les mortalités & les mauvaifes récoltes feroient deux effets réfultant de la même caufe, ou des mêmes caufes. Au-refte il faudroit fe faire une extrême violence pour

K iij

supposer que toutes les causes qui agissent sur l'abondance ou la stérilité, agissent aussi sur la santé, quand on voit la mortalité moindre dans des années où l'extrême cherté des grains annonce que les bleds ont beaucoup souffert ; & la mortalité, sensiblement plus grande entre différentes années où le bled au même prix, annonce que les récoltes ont été pareilles.

C'est donc un moyen plus subtil que solide, d'intéresser les propriétaires & les cultivateurs au *bas prix* des grains ; que de chercher à leur faire craindre la contagion des maladies qui se déclarent quelquefois en même tems que la cherté des grains. Ces maladies en elles-mêmes, leur contagion possible, doivent être mises au rang des malheurs éventuels qui menacent & qui affligent l'humanité. Le reméde aux maux de cette espéce ne consiste pas à imaginer des plans d'Administration sur le Commerce des bleds. Si les hommes pouvoient trouver ce reméde, ce seroit, comme on l'a déja dit, en formant un plan météorologique qui fût bon en lui-même, & auquel il fût possible de plier la Nature. Le seul bienfait qu'on puisse atrendre d'une Adminiſtration éclairée, c'eſt de favoriſer tout ce qui peut entretenir ou augmenter les richeſſes nationales. Il lui eſt impoſſible d'entrer dans les détails des maladies inſéparables de la poſition où les individus de chaque claſſe ſe trouvent placés, & encore plus de régler ſur ces détails les grandes opérations qui s'étendent à la Nation entière. Si la crainte de la mort anticipée d'un certain nombre d'individus, pouvoit être un motif de ſollicitude & d'alarmes pour ceux qui régiſſent les Empires, ils ſe trouveroient dans la néceſſité d'interdire preſque toutes les profeſſions qu'ont fait naître les beſoins de la ſociété ; & bientôt la ſociété même n'exiſteroit plus *.

CONCLUSION.

Les raiſonnemens les plus ſimples, les conſéquences les plus droites, laiſſent une reſſource au préjugé & à l'intérêt ; c'eſt de les rendre ſuſpects de ſubtilité. Pour attaquer l'erreur dans ce

* Voyez dans les Œuvres de *Ramazzini*, Profeſſeur en Médecine à Modène, imprimées à Londres en 1718, le Traité *De morbis Artificum*.

K iv

dernier retranchement, on va réduire en faits ou en affertions les principaux élémens de la doctrine des partifans de la liberté du commerce des Grains. Ils voudroient bien que leurs adverfaires fuiviffent cette méthode. La queftion débaraffée de tout ce qu'ils emploient dans des mémoires fecrets, & dans des converfations particulières pour la faire paroître problematique, feroit bientôt décidée. Voici ce qu'affirment ceux qui ne voient dans les limitations & les prohibitions, qu'un édifice fans proportion, fans cohéfion, fans fondemens, & toujours prêt à écrafer les Nations qui les regardent comme un abri ou comme un afyle.

I. On ne fait ni combien le Royaume produit de grains année commune, ni combien il renferme de gens qui en confomment, & de gens qui pourroient en confommer, ni à quoi monte la confommation annuelle. Il eft même *impoffible* de le favoir.

II. La difproportion des récoltes entre deux Provinces peut être foible, elle peut être énorme ; la difproportion peut être fort confidérable dans la même Province, d'une année à l'autre.

Dans ces différens cas, il est *impossible* de savoir, à beaucoup près, à quoi monte l'excès, le défaut & la quantité qui seroit proportionné au besoin de tous.

III. On ne connoît, ni la quantité existante de bleds anciens & de bleds nouveaux, ni où ils sont, ni dans quel état ils sont, ni ce que veulent, ou ce que peuvent en faire ceux à qui ils appartiennent, & il est *impossible* de s'en assurer.

IV. La répartition des grains existans, (répartition dont la nécessité est si frappante,) ne peut s'opérer que par le besoin qu'a le possesseur de vendre, & le consommateur d'acheter. Il est *impossible* de connoître la quantité que le besoin fera vendre par l'un, & acheter par l'autre.

V. L'*impossibilité* de diriger une répartion générale, c'est-à-dire de diriger des opérations individuelles qu'on ne peut ni prévoir ni régler, qu'on ne peut même connoître, ni pendant qu'elles s'exécutent, ni après qu'elles sont exécutées, démontre que toute répartition générale ne peut se faire que par le mouvement qu'excite le befoin ou l'intérêt de vendre.

VI. Le mouvement ne peut être général que par un très-grand concours de vendeurs dans toutes les parties du Royaume.

VII. Ce concours ne peut être que fortuit, puifqu'il dépend de détermina-tions individuelles : il ne peut donc de-venir général qu'autant que ces déter-minations auront toutes un même mo-tif.

VIII. Le motif le plus déterminant pour l'univerfalité des vendeurs, eft d'être perfuadés que s'ils ne reçoivent point d'offres qui leur conviennent en préfentant leur denrée, de marché en marché, ils auront la liberté d'al-ler parcourir tous les marchés étran-gers, foit pour y trouver un meilleur prix, foit pour fe déterminer à vendre au prix qu'ils fauront par expérience être le feul qu'ils puiffent efpérer d'ob-tenir.

IX. Cette liberté, ou la faculté d'ex-porter, étant le vœu, la fureté & la reffource de tous, elle donne le plus grand mouvement poffible à la denrée,

& ce mouvement la met toute en évidence. Il en réfulte nécessairement une répartition générale, parce que si l'intérêt
des acheteurs appelle la denrée, l'intérêt des vendeurs la porte par-tout où
se déclare le besoin.

X. Quand le besoin & la denrée font
en évidence par-tout où ils existent, la
concurrence, entre les vendeurs d'un
côté, & les acheteurs de l'autre, est
parvenue à son plus haut degré de plé-
nitude dans l'intérieur.

XI. Cette double concurrence étant
générale, le prix qui s'établit dans les
marchés est nécessairement proportionnel à la quantité de la denrée & au besoin des consommateurs.

XII. Si le prix qui s'établit est foible, il est démontré que la denrée surabonde. La conservation des richesses
nationales demande alors que les vendeurs exportent, & leur intérêt les engage à exporter sans que l'Administration ait d'autre embarras que celui de
leur en laisser la liberté. Si le prix est
fort, il est démontré que la denrée man-
queroit, ou qu'elle ne seroit qu'étroitement suffisante jusqu'à la récolte pro-
chaine. La sûreté du côté des subsistan-

ces demande alors que l'Etranger & les Négocians de nos ports, importent des grains, & leur intérêt les détermine à importer, sans que l'Administration ait d'autre embarras que celui de laisser la liberté de remporter les grains que leur surabondance feroit tomber au-dessous de leur vrai prix.

XIII. L'exportation opérant une augmentation de concurrence entre les acheteurs, & l'importation une augmentation de concurrence entre les vendeurs, la liberté d'exporter & d'importer assure la double concurrence la plus étendue qu'on puisse espérer.

XIV. La plus grande concurrence de vendeurs & d'acheteurs étant continue, le bled se maintient continûment à son vrai prix; c'est-à-dire au prix toujours proportionnel à la quantité & au besoin de la denrée.

XV. Quand, par l'événement des récoltes, il y a peu de grains à vendre & beaucoup d'acheteurs, la denrée se vend *à l'enchère*. Quand au-contraire, il y a peu d'acheteurs en proportion de la quantité des grains, ils se vendent *au rabais*. Quand la liberté d'importer & d'exporter met en concurrence

toute la denrée & tous les acheteurs, il
n'y a plus de *rabais* ni d'*enchère* dans la
vente. Les grains font donc à leur vrai
prix, à quelque taux qu'il fe fixe par
le concours de tous les acheteurs & de
tous les vendeurs régnicoles & étrangers.

XVI. Il feroit évidemment abfurde
& injufte, tant de la part des vendeurs, que de la part des acheteurs,
de vouloir vendre au-deffus, ou acheter au-deffous de ce qui eft reconnu
pour le *vrai prix* de la denrée par le
plus grand nombre poffible de concurrens d'achat & de vente ; c'eft-à-dire,
par l'univerfalité des hommes.

XVII. Il eft phyfiquement impoffible, 1° de faire dans l'intérieur une
répartition proportionnelle des grains
fans une circulation générale qui les
mette tous en évidence & en mouvement ; 2° d'établir & de maintenir la
circulation générale fans la faculté continue d'exporter & d'importer ; 3° de
jouir d'une concurrence générale de vendeurs & d'acheteurs fans la circulation,
l'exportation & l'importation ; 4° de connoître jamais le vrai prix du grain, &
d'en affurer les avantages au peuple,
que par une concurrence générale, ef-

fectuée ou poſſible du dedans au-dehors, ou du dehors au-dedans du Royaume.

On ne croit pas que perſonne voulut avouer les contradictoires de ces faits & de ces aſſertions; c'eſt donc par préjugé ou par intérêt qu'on adopte des conſéquences qui ne pourroient s'accorder qu'avec ces contradictoires.

Au-reſte, ſi les adverſaires de la liberté prétendent qu'on n'ait pas applani toutes leurs difficultés, ils n'ont qu'à les rendre publiques, on prend ici l'engagement d'y répondre. On a fait de vains efforts pour leur épargner cette peine, en tâchant de les imaginer.

A l'égard de ceux qui, n'ayant pas le tems ou la volonté d'approfondir cette matière, parlent contre la liberté, ou parce qu'elle leur paroît un principe nouveau & contredit par la Nature, ou parce que la France a été floriſſante malgré ſes anciennes prohibitions; ils ne ſe prêteroient qu'à une réponſe courte : la voici. — Quand une Nation, dont la liberté eſt gênée ſur pluſieurs branches de Commerce de ſes denrées, ſe trouve riche & puiſſante, il ne faut pas en conclure que ſes richeſſes & ſa puiſ-

fance foient le fruit de fes loix prohi-
bitives. La fanté n'eft jamais le fruit
d'un poifon lent. Mais il faut en conclure que fa conftitution eft fi vigou-
reufe, qu'elle a pu réfifter pendant
long-tems à l'impreffion malfaifante de
ces mauvaifes loix. Si, par quelque caufe que ce fût, on voyoit diminuer les
richeffes & les forces de cette même
Nation, il y auroit un moyen prompt de
la ramener à fa première vigueur, & de
l'augmenter encore. Ce moyen fûr, &
peut-être unique, feroit de détruire
fucceffivement toutes les loix prohibiti-
ves en fait de commerce. La liberté
répand par-tout un air falubre & nouveau qui vivifie. C'eft l'air natal.

P. S. On croit devoir faire imprimer une Lettre, qui, par toutes fortes de raifons, doit fortifier les vrais principes. Un effet fi falutaire doit faire perdre de vue que c'eft une Lettre particulière & dont le Public fembloit devoir être privé. Elle appartient à la Nation par l'importance de fon objet, & l'humanité entière feroit en droit de la réclamer.

LETTRE

Ecrite à M. le Contrôleur-Général, le 13 Juin 1768, par M. de Bérulle, Premier Préfident du Parlement de Grenoble.

Le Parlement me charge, M., de vous marquer que, s'il a différé jufqu'à préfent de vous informer, ainfi que M. le Duc de Choifeul, des fuccès qu'ont eus dans fon reffort la Déclaration du 25 Mai 1763 & l'Edit du mois de Juillet 1764, concernant la *Liberté du commerce des Grains*, tant dans l'intérieur du Royaume, qu'avec l'Etranger, ce n'eft ni pour refufer à des Loix auffi fages,

sages, & qu'il désiroit depuis si long-
temps, l'hommage qui leur est dû, ni
pour se dispenser d'en témoigner sa re-
connoissance à deux Ministres qui y ont
autant contribué ; mais il a cru devoir
s'assurer de plus en plus, par l'expérience de quelques années, de la bonté
des effets que ces Loix ne pouvoient
manquer de produire ; & leur utilité est
aujourd'hui tellement reconnue, que
vainement attendroit-on davantage pour
en acquérir de nouvelles preuves. Qu'il
nous suffise de vous observer, M., qu'a-
vant que la *liberté* de la circulation
des grains fût introduite, les marchés
de la Province, dépourvus de cette
denrée nécessaire, dès la première année de stérilité, parce que nulle autre
n'osoit lui en fournir, n'offroient de
subsistance qu'aux Citoyens aisés, qui
se trouvoient en état de donner un
prix excessif du peu qui s'y rencontroit ;
au-lieu que trois récoltes des plus mauvaises que l'on ait eu depuis bien long-
tems en Dauphiné, l'ayant successivement désolé depuis cette époque, l'a-
bondance des grains n'en a pas moins
subsisté constamment dans tous nos marchés, sans exception d'un seul, & à un

L

prix très-inférieur à celui qu'on les payoit auparavant dans les tems de disette. Ajouterons-nous encore qu'une foule de bras inutiles, & qui laissoient précédemment une partie de leurs terres incultes dans différens cantons de cette Province, parce qu'ils n'attendoient alors d'autres fruits de leurs travaux, qu'une subsistance superflue dans des tems d'abondance, & une ressource insuffisante dans ceux de calamité, s'occupent à présent à l'envi les uns des autres, de cultiver leurs champs, par l'appas du profit qu'ils sont toujours certains d'en retirer. Tel est, M., le récit succinct, mais frappant, que le Parlement me charge de vous faire & à M. le Duc de Choiseul, des avantages qui résultent pour les Peuples de son ressort, de l'Édit & de la Déclaration dont il s'agit. Et, si vous jugez à propos d'en rendre compte au Roi, la Compagnie vous prie d'offrir en même-tems en son nom à S. M. les remercimens les plus respectueux & les plus soumis d'un bienfait aussi signalé.

J'ai, &c.

F I N.

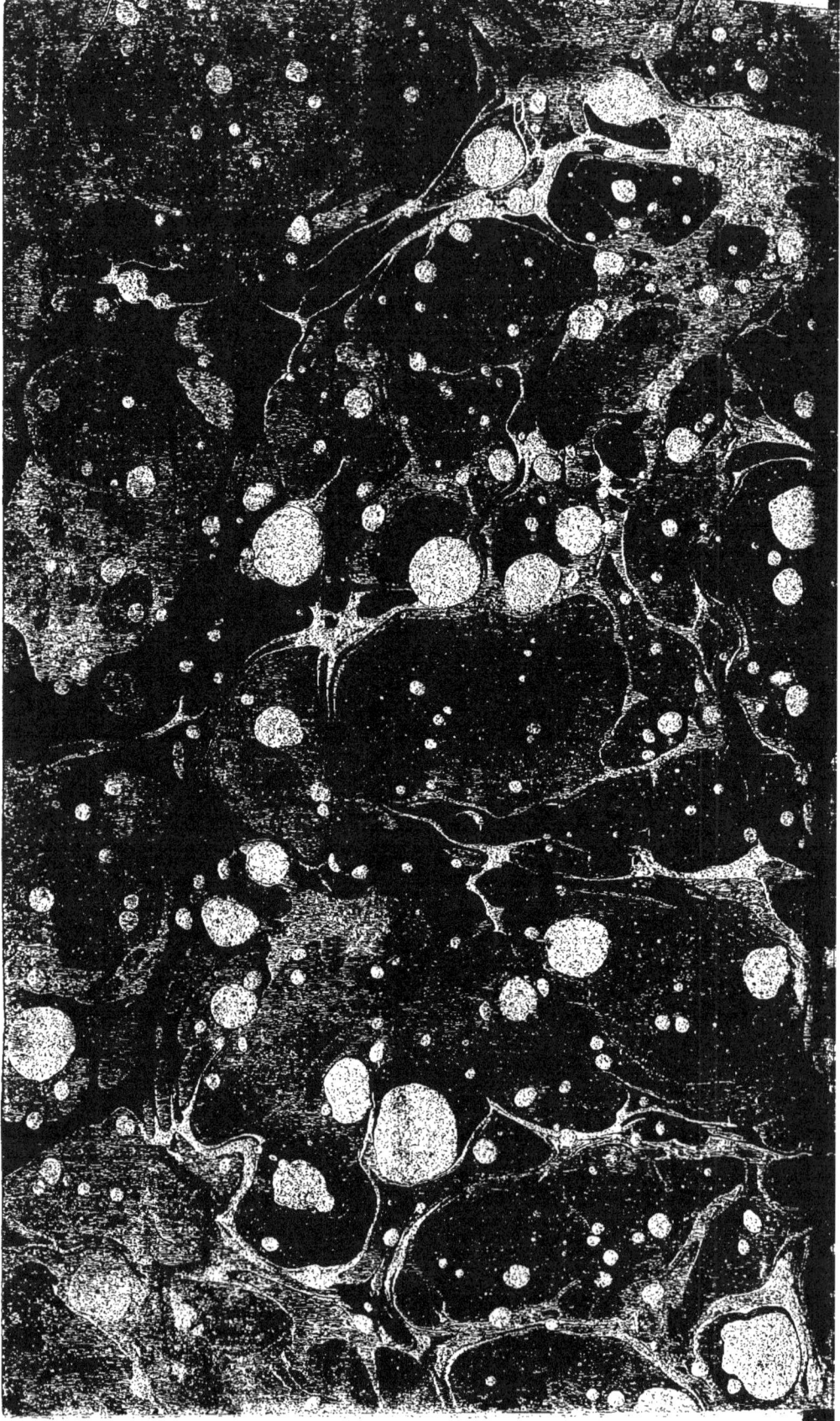

www.ingramcontent.com/pod-product-compliance
Lightning Source LLC
Chambersburg PA
CBHW070905030726
47504CB00005B/1468